アンナ・カハソルナ

城平海 Kihira, Kai

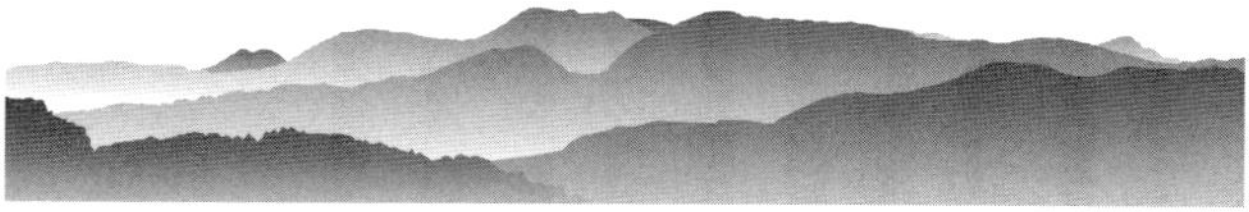

装幀　加納啓善
写真　田口弘樹

アンナ・カハルナ

［目次］

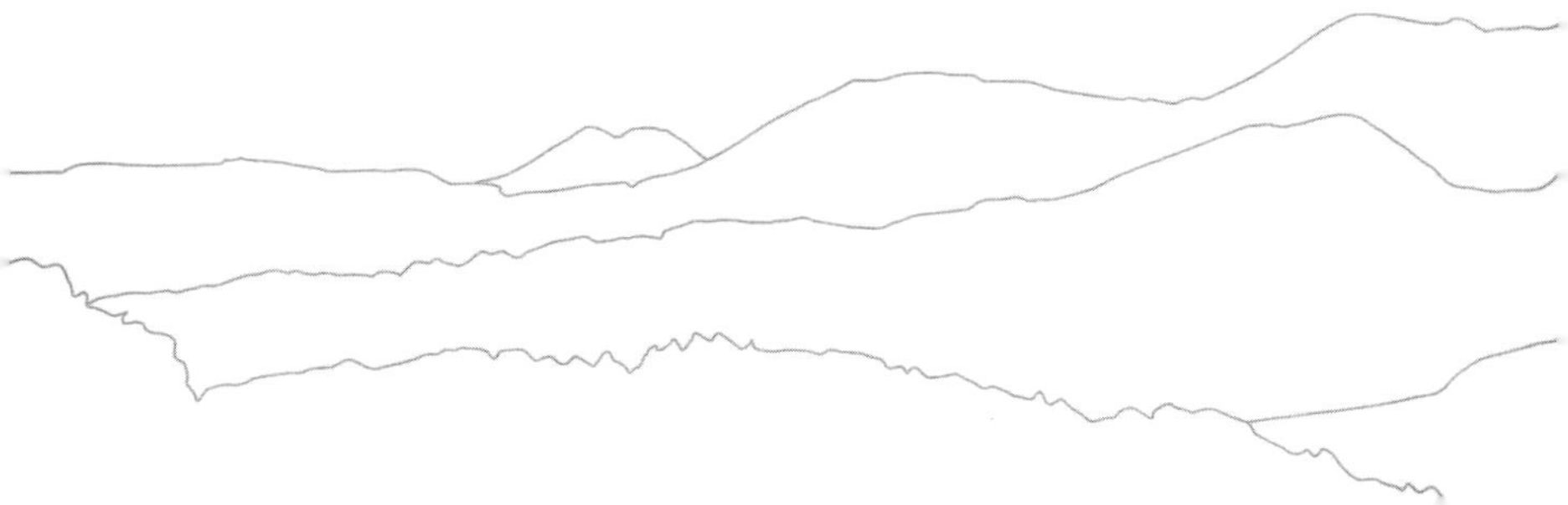

第一章

人売り麻理奈

La mère maquerelle Marina

深い闇の奥底で耳障りな音が響いてる。俺は布団の中で身体を丸めて聞こえないふりをする。ドロドロに疲れ切った身体と精神は外界のすべてを拒否している。生暖かい安らぎ以外、今の俺に欲しいものは何もない。

いつの間にか音はやんで、俺はもう一度眠りに落ちかける。それを引きずり上げるかのように、またけたたましく音が鳴る。携帯の着信音だ。布団を少しあげて見ると、部屋はもう明るい。朝なのか夕方なのかもわからない。そんなことは俺にとってたいしたことじゃない。

窓のほうを見ると、煙草の煙で黄ばんだカーテン越しに陽が差し込んでいる。ということはまだ朝か。こんな時間に電話してくるなんていったい誰だ。俺は無視を決め込んで布団の中で耳をふさぐ。いったんやんだ着信音が、あざ笑うかのようにまた鳴りはじめる。

「畜生ッ、うるせえな…」

繰り返し逆撫でされた神経がだんだん覚醒してくる。不快な目覚めで胃がムカムカする。手探りで携帯を探すうちに、テーブルの上の煙草やらライターやら雑誌やらがバラバラと床に落ちる。やっと探しあてた埃まみれの携帯のウインドウには『人売り麻理奈』の発信者表示。時間はまだ八時だ。

「なんだよォ、こんな朝っぱらから…」

エアコンの暖房でガラガラになった喉からようやく声を出す。

「アンタ、いつまで寝てんのヨ！」

聞き慣れたダミ声が俺の腐りかけた脳みそを直撃する。出かかったあくびが思わず引っ込む。

「いつまでって…。俺さっきベッドに入ったばっかりだぜ」

ベッドの周りには明け方まで遊んでたテレビゲームがそのまま放り出してある。ビールの空き缶、吸い殻があふれそうな灰皿。脱いだままのシャツや下着が埃と一緒に床に散らばっている。黄色い朝の光に照らされた部屋は、我ながら惨憺《さんたん》たる眺めだ。

「不規則な生活はヤメなさいって言ってるでしょ。もう若くないんだから」

「若くない、ってのは余計だ」

「あのね、二十歳とはひと回り違うのヨ」

「うるせえな！」

「あら、それが経営者に対する態度かしら？　アタシなんか寝たのは今朝の四時よ。でもこうやって仕事してるんだけど」

朝からこんなイヤミを言えるなんて、ババア、もとい、麻理奈さんは高血圧じゃないだろうか。

「んなこと俺には関係ねえヨ。で、用事はなんなん？　俺もう少し寝たいから早くしてくれよ」

麻理奈さんの説教を聞いているくらいなら二度寝したほうがマシだ。

「あら、アタシが仕事以外の用でアンタに電話なんかすると思う？」

この四十女はまったく口が減らない。

「遠距離出張ヨ！　野郎系のタチがご希望なの。九時過ぎの新幹線に乗ってちょうだい！」

「九時ィ？　ちょ、ちょっと待ってくれよ。こんな時間から…」

「出張ボーイにこんな時間もあんな時間もないでしょ。八時半に高円寺から乗れば間に合うじゃない」

ビジネスにかけては冷血このうえない麻理奈さんだ。それにしても、朝から男を買おうなんていう奴の気が知れない。

「そんなこと言ったって、俺、新幹線に乗る金なんか…」

ゆうべレンタルビデオを借りて晩飯《ばんめし》を食ったから、財布の中には二千円くらいしか入っていない。受話器の向こうからわざとらしいため息が聞こえてくる。

「哲也、アンタったらいったいどんな生活してんのヨ…」

「どんなもこんなも、そんなこと麻理奈さんが一番よく知ってるじゃんか」

俺がふて腐れて会話が止まる。当てつけがましくもう一度ため息を聞かせてから麻理奈さんが言う。

「とにかく、急いでシャワー浴びて高円寺の南口まできなさい！　八時二十分にね！」

それだけ一気に言うと麻理奈さんは勝手に電話を切ってしまう。俺は仕方なくベッドから這い出す。

熱いシャワーを全身で浴びていると、少しずつ身体が目覚めてくる。客とベッドを共にするのに備えて身体の隅々まで念入りに洗う。身体を拭《ふ》いて洗いたての下着をつけて、床に散らばってる服の中から適当に選び出して身につける。狭い洗面所の鏡の前でアルマーニの香水に手を伸ばしかけてやめる。俺みたいなタイプを好きな客にその手の香りはNGだった。

ダウンジャケットを羽織って部屋から出る。二月も終わりだというのに相変わらず寒い。マウンテンバイクで飛ばしていると洗ったばかりの短い髪が凍りそうだ。高円寺の静かな住宅街を駅へむかう連中がコートの襟を立てて黙々と急ぎ足で歩いている。

約束より十分遅れて高円寺の南口に着く。白い息を吐きながら学生やサラリーマンの群れが行き交う道端に、シルバーの毛皮のロングコートを着た女が茶色のジャガーにもたれて煙草をくわえている。

運転席を見るといかにも麻理奈さんが好きそうな、無精髭を生やしたモデル系の若い、と言っても俺と同じ歳《とし》くらいの男が眠たそうな顔でぼんやり座っている。目元は涼しげだけど口元がだらしない。まったく、麻理奈さんはまたこんな男とつき合ってるのか。

麻理奈さんが住んでるのは中野の丸井の裏、『桃園』というお屋敷町の一角。俺も一度だけ門の前まで行ったことがあるけど、中野とは思えない静かな高級住宅地で、麻理奈さんの家はその中でもひときわ目立つ一戸建てだった。

「哲也、遅いじゃないの！」

小柄で可愛げな顔。愛くるしい目が素早く動いて俺の全身をチェックする。黙ってさえいれば三十代前半にしか見えない麻理奈さん。薄化粧と軽くセットした髪は寝不足のかけらも感じさせない。まるで朝からお出かけするセレブなマダムって感じだ。この華奢な女が新宿で影の女帝と言われているなんて、誰が想像するだろう。

「アーンタ、オマタ洗うのに何時間かけてんのヨ！」

麻理奈さんは鼻から煙を吐きながら言う。甲高く響く柄の悪いダミ声に驚いたように、周りの通行人達が麻理奈さんを見て、そして俺の顔を見る。華やかな顔と下品な言葉のギャップが大きすぎる。この麻理奈さんの前だと二丁目のオカマでさえ逃げ出していくのも無理はない。

「そんなに急《せ》かすなヨ。新幹線の一本くらい遅れたっていいじゃん」

「そうはいかないの！　はい、これが切符。帰ってきたら精算よ。それとこれがメモ。ココに書いてある新幹線に乗るのよ」

「どこまで?」

「え?　そこに書いてあるでしょ?」

「書いてないよ。おいオバさん、しっかりしてくれヨ」

「うるさいわね！　誰がオバさんヨ。えーっとね、たしかアンナ…、アンナ…。あ、そうだ、アンナ・カハルナだったわ」

「アンナ・カハルナ?」

そんな新幹線の駅、聞いたことがない。最近流行《はや》りのカタカナ地名だろうか。

「とにかく、そのメモどおりに乗れば着くから」

ドギツい真っ赤なマニキュアがぬられた爪で、そのメモを突き刺すように叩く。

「着いたらどうするんだよ?　連絡先とかは?」

尋ねる俺に何かが入ったコンビニ袋を押しつけて、麻理奈さんは俺の背中を押す。

「ほら、グズグズしてたら乗り遅れるわよ！」

俺を蹴飛ばす真似をする麻理奈さんの足元を見ると、履いているのは室内用のスリッパだ。

「着けばわかるから。とにかく東京駅まで急いで行きなさいッ！　時間ないわヨ！」

着けばわかるって、誰かが歓迎の旗でも立てて俺を待っているってことか？　俺は確認したいけど、麻理奈さんの金切り声から逃げ出すほうが先で、後ろ手で挨拶しながら駅の中へ駆け込む。

朝っぱらからそんな不機嫌なら仕事辞めろよと言いたくなるくらい、見えないストレスが充満してる中央線の電車。ギュウギュウ詰めが中野でさらに混んで殺人的になり、新宿でようやく少し降りたと思ったらその倍くらいの奴らが乗ってくる。こうやって毎日毎日真面目に働く連中がいるからこの国はどうにか動いているんだろう。ご苦労なことだ。俺とどっちがシアワセかは、かなり微妙だけど。

走っては止まり、またノロノロ走ったりを繰り返して四ッ谷、神田。やっと東京駅に着いたらもう九時十分になろうとしている。俺はエスカレーターを駆け下りて、何人も突き飛ばしながらコンコースを走りに走って新幹線の改札に駆け込み、ギリギリで列車に飛び乗る。背中でシューッと音がしてドアが閉まる。

適当に空いている席に座って、俺の荒い息がやっと落ち着く。間もなくトンネルに入ったと思ったらもう停車だ。見ると『上野』の表示。

「上野…？」

戸惑う俺の耳にアナウンスが聞こえてくる。

「この列車はあさま五〇五号、長野行きです」

北へむかう新幹線だった。俺はあらためて車内を見回す。平日の朝から長野に行く人間は少ないのか、車内は空席が多い。

発車した新幹線はまた地上に出る。高架から見下ろす街並みは同じ東京でも見慣れた中央線の沿線とは全然違う。工場だの古いアパートだのがひしめき合うなかに、場違いのような巨大な超高層マンションが突然現れたりする。

俺は今まで池袋より北には行ったことがない。いや、昔の男とプーケットに旅行した時に成田には行ったことがある。池袋と成田のどっちが北にあるのか俺にはわからないけど、とにかく俺は窓の外の未知の世界をぼんやり見る。

膝の上のかすかな温もりに気づいて、麻理奈さんが切符と一緒に渡してきた袋の中を見る。アルミホイルの包みとペットボトルの緑茶が入ってる。包みを開くと海苔を巻いた特大の握り飯が二個。見た途端に腹がギュッと鳴る。夢中で食らいつくと、炊きたて飯と梅干しの匂いが口の中に拡《ひろ》がる。あのババア、男と一緒に食うために炊いたのを急いで握ってきたんだろう。俺は胸につかえそうになるのを暖かい茶で流し込む。

窓の外には相変わらず退屈な、マンションだらけの煤《すす》けた景色。握り飯を食べながら景色を眺めてると、ふと田舎にいた高校生の頃の自分を思い出す。

広島の片田舎で育った俺は、成績不良で素行も不良。親父には怒られっぱなし、お袋のことは泣かせっぱなしだった。だからどうにか東京の三流大学に合格して田舎を出た時は腹の底からサッパリした気分だった。

上京してすぐ、ふとしたきっかけで知った新宿二丁目という街。それまで自分の中の異常だと思ってた部分が、実は異常じゃないとわかった時の嬉しさ。最初は恐る恐る遊びに行ってたその場所にもすぐ慣れて、俺は勉強そっちのけで遊び呆けた。

自分に無頓着だった俺も、自分の生まれつきの筋肉質な身体と少し強面《こわもて》の顔つきが男達を惹きつけることを知って強気になった。ジムに通って身体を鍛え、クラブのゲイナイトではギャラをもらってゴーゴーボーイとして踊るようにもなった。

派手な照明、きわどいコスチューム。俺が筋肉質の身体を晒《さら》して踊ると薄暗いダンスフロアから羨望の眼差しが集まった。男達に自慢の身体を見せつけて挑発するのはなんとも言えない快感だった。

酒と視線に酔い、汗まみれの俺の身体に触れようと伸びてくる手を振り払い、次々と渡される連絡先のメモを受け取ってはトイレに流し、俺はそんな自分を楽しんでいた。ゲイ雑誌のグラビアに何度か出てアイドル扱いされることも、その頃は当然だと思っていた。

大学を卒業した時には、だから俺は普通の就職をするつもりなんか少しもなかった。俺を可愛がってくれていたその方面の大御所が卒業祝いに二丁目に店を開いてくれたから、俺はカウンターの外側から内側へ居場所を移しただけだった。俺を目当てに通ってくる客を適当にあしらい、つき合う男もほとんど日替わり状態。今思うと本当に気ままな日々だった。

そんな息子を心配して突然上京してきた親父がいきなり部屋のドアを開けたのは、卒業して二年近く経《た》った時だった。秘密を知って俺を罵倒し殴った親父。それをアパートの階段から蹴り落としたきり、実家とは縁が切れたままだ。考えてみたらあれからもう何年経つのだろうか。

新幹線はいくつ目かの停車駅を発車する。外の景色はだいぶ都会の色が薄くなっている。かといって完全な田舎の風景でもなく、住宅や工場やマンションが畑に混じった中途半端な眺めがどこまでも続いているだけだ。俺はペットボトルの茶を飲みながらぼんやりと思い出す。

二十五を過ぎた頃、俺の生活の歯車がきしみ始めた。俺自身は何も変わったつもりはなかったけど、周りの俺を見る目が変わった。ゴーゴーボーイの座はパフォーマー意識の強い連中に取って代わられた。身体を鍛え抜いて客を楽しませることを研究し尽くした奴らの前では、少しばかり見てくれがいいだけの俺なんか比べものにならなかった。

パトロンだった大御所に見放された時が、今思うと運気の変わり目だったんだろう。店を追われ、次に勤めた飲み屋でもワガママな奴だと陰口を言われ、客の目線も冷たくなっていた。

そんな二丁目に嫌気がさして、一度は会社勤めもやってみた。でも朝から夜遅くまで、上司や同僚に気を遣いながら働く雰囲気に、俺が馴染めるはずもなかった。舞い戻った二丁目で、そして新橋で、俺は店を転々とした。それでも客やマスターとトラブルを起こしては辞めるという繰り返し。三十になった時、気がつけば俺の居場所はどこにもなくなっていた。

そんな時に声をかけてくれたのが麻理奈さんだ。二丁目の店をやっていた頃、俺がゲイなのを知っていながらしつこく口説いてきた女。怖いもの知らずの、図々しいオバサンだという印象しかなかった。麻理奈というのが本名なのか、どこの国の人間なのか、今でも謎は多い…。

最近知ったことだが、以前働いていた二丁目のバーの一つは麻理奈さんのものだった。彼女は当然だけど本物の女。表向きの店長はゲイの男を使っていたけど、実は彼女は二丁目でバーを三軒、そのほか歌舞伎町にビルを三棟持っていてキャバクラとホストクラブを二軒ずつ、おまけに青山で高級フレンチレストランまで経営するスゴ腕だ。

それだけ夜の世界でビジネスをしながら、昼間はインテリアの輸入業、そしてネット専門の出張ボーイ紹介業までやっている。

「男を売るのは元手も時間も場所も要らないからね。内職代わりに小銭を稼ぐにはちょうどいいのヨ」

自分の店の、見た目はそこそこなのに売れないホスト、金を稼ぎたくて面接に来たものの水商売にむかない男達、そんな連中を裸にしてホームページに載せて、客から指名を待つ。電話が入るとボーイの携帯に連絡して指定の場所へ行かせるという、たしかに手間のかからない仕事だ。客は老若男女、どんな好みにも対応できると豪語している。男を売った収入は趣味の宝石に化けるんだと、聞いたことがある。

麻理奈さんのおかげで今のところどうにか食うだけは稼げるけど、俺の毎月の生活はギリギリだ。三十二という年齢もボーイとしては限界に近いのは自分でもわかっている。だけどほかに生きる術《すべ》がないのだから、これをやっていくしかない。『どんな』客からの指名でも、『どんな』ことを要求されても。

ああ、ダメだダメだ。寝不足の頭でこんなことを考えてたら気が滅入るだけだ。とりあえず今日も仕事が入った、それだけでいい。俺は席を立って、バッグの中の洗面道具から歯ブラシを取り出して洗面所で歯を磨く。シャツの胸元を開いて体臭もチェックする。客に会う前の身だしなみってやつだ。

いつの間にか窓の外には山並みが迫ってきている。アンナ・カハルナってのはどんなところだろう。長野方面っていうことはヨーロッパのアルプスみたいな高原の町だろうか。考えながら外を見ているとトンネルが景色を遮《さえぎ》る。

「間もなくアンナ・カハルナ、アンナ・カハルナに到着です」

車内放送を聞いて俺は出口にむかう。スピードが落ちて、トンネルを出たと思ったら新幹線は停《と》まる。ドアが開くと切るように冷たい風が吹き込んでくる。無人のホーム。降りたのは俺と、あとは遠くの車両から老夫婦の合わせて三人だけ。誰も乗らない。静かに電車が発車してしまうとなんの音もしない。見回すと駅名表示には『安中榛名』の文字。アンナ・カハルナのイメージは風に吹かれて飛び去っていく。

とりあえず表示に従って出口にむかう。自動改札を出て俺は呆然とする。ガラス張りの吹き抜けの駅の中には釜飯の売店があるだけ。時刻表を見れば一日に停まる電車は十本くらい。昼間は二時間に一本だ。俺の田舎のローカル線よりひどい。なるほど麻理奈さんが俺を急がせたわけだ。

さてと、着いたのはいいけど俺の客はどこにいるんだろう。だだっ広くて何もない駅前広場で深呼吸してみる。真っ青な空がやたらと大きく見える。目の前でタクシーが一台だけ客待ちをしている。遠くにコンビニが一軒ぽつんと建っている以外は何もない駅前。道路は整備されているけど、ビルやマンションどころか小屋一軒ない。

どうしてこんな場所に駅を造ったんだろうか。遠くに海の波みたいな不思議な形の山が並んでるのを眺めながら考えてると、視界を左から右に切り裂くように白いハイルーフのワゴンが走り抜けて、ロータリーを回って俺の前で停まる。ドアを開けて運転席から降りてきたのは肩幅が広くて背の高い男。彫りの深い顔立ち、濃い眉と品のいい唇の形。髪が短くて全体に若々しいけど、大人の品格みたいなものも感じる。茶色のセルフレームの眼鏡が似合っている。

「悪いな、遅くなって」

俺の顔を見て言う男をすぐには思い出せない。いや、覚えてるのに記憶の中で何かがブロックして思考を停止させている。こんな田舎には似合わない男。眼鏡をかけていない顔を想像してみる。男はフッとかすかに笑う。その笑顔が、止まってた俺の記憶をいっぺんに解《ほぐ》す。もう一度男の顔をよく見て、あらためて目を疑う。

「け、健二郎さん…？」

「何をぼんやりしてるんだ。早く乗れよ」

健二郎さんはさっさと運転席に乗り込む。俺が慌《あわ》てて助手席に座ってドアを閉めると、車は猛スピードで走り出す。駅前広場から続くなだらかな下り坂の両側には住宅地が造成されて、所々に真新しい一戸建てが建っている。『東京まで最短五十九分』という看板が見えるけど、ここから都内まで通勤する人間がいるのだろうか。山並みを見渡す広々とした敷地に別荘風の家が建っている風景はまあ『アンナ・カハルナ』っぽくなくもない。

俺はすぐ隣で運転してる健二郎さんの横顔を盗み見る。まっすぐ前を見ているその顔。忘れていた記憶があとからあとからあふれ出してくる。

俺が二丁目で得意の絶頂だった頃、健二郎さんは雲の上の兄貴的な存在だった。まだ三十代になったばかりで大学の助教授。テレビの経済番組にコメンテーターとして出演したり、週刊誌に経済記事を書いたり、いわゆるタレント先生のハシリだった。

男らしい顔立ちと明るい笑顔。スポーツ万能の逞《たくま》しい肩幅。まぶし過ぎるくらいの人だったから、生意気だった俺も意識してしまって言葉を交わすことはめったになかった。俺が飲み屋で働くようになってからは、カウンター越しに軽く話はしたことはあったと思うけど。

その健二郎さんがどうしてこんなところに…。久しぶりに見る顔は相変わらず格好いいけど、よく見ると落ち着いたというか、少しやつれたようにも感じる。ほとんど十年ぶりだから仕方ないのかもしれないけど、その変わりようは以前にはかけてなかった眼鏡のせいだけじゃない。

俺の視線に気づいたのか、健二郎さんがハンドルを操《あやつ》りながら口を開く。

「売り、やってるのか」

低く響く声が俺を責めてるように聞こえて耳が痛い。

「…はい」

会話は途切れて車の中には沈黙が澱《よど》む。俺は運命を憎む。よりによって健二郎さんと、こんな形で再会するなんて。健二郎さんは昔の俺しか知らなかったのに。今こうして身体を売って生きてる俺なんか見て欲しくない。麻理奈さんからの電話なんか取らずに寝てればよかった…。

健二郎さんの運転は意外に荒い。緩やかな坂道を猛スピードで駆け下りて、『安中市街方面』と書かれた道を爆走する。やがて道の両側にけばけばしいラブホテルが並ぶ一角までくると、ハンドルを切ってそのうちの一軒にすべり込む。タイヤが悲鳴をあげる。

明るい冬の午前の光を無理矢理カーテンで遮ったカビ臭い部屋。そこに入るなり健二郎さんは眼鏡を外してジャケットを脱ぐ。シャツのボタンを外しながら俺を睨《にら》むように見て言う。

「おい哲也、お前も早く脱げ！」

少し苛《いら》ついたような声で急かしながらすべて脱ぎ捨てた健二郎さんの身体。それは四十代にしては逞しい。その中心の肉は健二郎さんが欲情してることを露骨に示してる。何年ぶりかに会ったのに、ろくな会話もなしに俺の身体だけに目の色を変えている男。それも仕方ないのか。今日の俺はそのためにいるのだから。

俺が下着を脱ぐのを待って健二郎さんは大きい身体で俺をベッドに押し倒す。舞い上がる埃がカーテンのすき間から射し込む陽でキラキラ光るのを、俺の肉に貪りつく健二郎さんの舌の感触に声をあげながら、俺は醒めた頭で冷静に眺める。相変わらず肩幅が広いなと、どうでもいいことをぼんやり考えて。

たまに東京を離れて戻ってくると、自分がいつも吸ってる空気の汚さを思い知る。今日も東京駅で新幹線を降りた瞬間に煤けたような匂いがして、俺は思わず咳込んだ。慣れない早起きをして寒い群馬まで行ったせいで風邪でもひいたのだろうか。

疲れた身体を引きずって、俺は中野の駅に降り立つ。健二郎さんのしつこすぎる愛撫のおかげで身体が鉛のように怠《だる》い。強い北風が身にしみる。いつもなら麻理奈さんの口座に紹介料を振り込んで終わりなのに、今日に限って麻理奈さんから『終わったら桃園に寄りなさい』とメールが入っている。

俺と健二郎さんがラブホテルにいたのはほんの一時間くらいだった。シャワーを浴びる間もなく追い立てられるように車に乗せられて、俺は安中榛名の駅で降ろされた。健二郎さんは挨拶もそこそこに逃げるように行ってしまった。人気《ひとけ》のない寒い待合室で一時間近くも次の新幹線を待って、俺はようやく東京に戻ってきた。

雑然とした中野の南口。丸井の横の道を入ってゴミゴミした商店街を抜けると、いきなりデカイ屋敷や高級マンションが並ぶ高台の一角に出る。その一番奥、半地下の駐車場がある鉄筋三階建てが麻理奈さんの家だ。

インターホンを押すとしばらくして麻理奈さんのダミ声がする。

「おかえり。入ってきなさいよ」

鍵が開く音がする。玄関のドアを押すと麻理奈さんが笑顔で待っている。珍しいこともあるものだ。毛皮を着ていない分だけ朝見た時よりも主婦っぽく感じる。本当に正体を隠すのが上手《うま》いオバサンだ。まあ他人の本性なんて本当は誰にもわからないのだろうけど。

玄関の横は仕事の打ち合わせに使うような部屋で、応接セットが置かれている。俺はその横を通り抜けて二階に案内される。

「スゲエ…」

俺のワンルームが軽く五つは入りそうな広いフローリングのリビングには午後の陽が射し込んでやたら明るい。シンプルなイタリアンモダンで統一された家具は、とても歌舞伎町のホストクラブのオーナーの部屋とは思えない。

俺が思ったままをつぶやくと、麻理奈さんは顔をしかめる。

「あれはね、歌舞伎町の客の趣味に合わせてるだけヨ。あんな内装、ホントは反吐《へど》が出るくらい嫌いなんだけどね」

そう言いながら麻理奈さんは奥に消える。カチャカチャと音が聞こえるからたぶんそっちがキッチンになっているんだろう。

「ねえ、山のほうは寒かった?」

キッチンで麻理奈さんが怒鳴っている。

「スゲエ寒かったよ。マジ風邪ひきそう」

「あら、哲也でも風邪ひくの?」

冗談だかイヤミだかわからないことを言いながら麻理奈さんがトレーを持って現れる。いかにも高級そうなカップに入れたコーヒーをテーブルに置く。

「サンキュ」

「アタシがいれたコーヒーなんてめったに飲めないんだから、有り難いと思いなさいヨ」

そう言われても恩着せがましく聞こえないのは、本当に麻理奈さんが家庭的なことと縁がないせいだろう。コーヒーは意外に美味《うま》い。俺は少しホッとしてため息をつく。

「健二郎は元気にしてた?」

ふいに麻理奈さんに尋ねられて、俺はその顔を見る。

「なんだよ麻理奈さん、健二郎さんのこと知ってたん?」

「あらやだ、健二郎とはもう二十年来の友達よ。うちの二丁目の店にもよく来てたじゃない」

「そうだっけ?」

「まったく…。あの頃アンタはチヤホヤされてたから目にも入ってなかったろうけど」

「そんなことないよ。俺、憧れてたもん、健二郎さんに」

「あーら、そうだったの? 健二郎もアンタを目当てに来てたのヨ」

「俺を? まさかぁ…」

「ウソじゃないわよ。その証拠にアンタがアタシの店辞めてよそへ移ったら、健二郎もそっちに通ってたでしょ」

「そ、それってマジ?」

「アンタって本当にニブいんだから」

全然知らなかった話を聞かされて、俺は少し動揺する。

「それなら今日は良かったじゃない。二人とも長い間の夢が叶《かな》って」

麻理奈さんが俺を見てニヤッと笑う。無神経を装った笑顔に腹が立つ。こういう女の感性が俺は大嫌いだ。いまさら、身体を売る者と買う者として会ったたって、なんの感激があるもんか。現に今日の健二郎さんは昔の話なんかひとつもしないで、ヤルことだけ終わったらサッサと帰ったじゃないか。

「でも俺、もう健二郎さんとはイヤだよ。誰かもっと若い奴を行かせてくれよ」

「あら、健二郎じゃ不満だって言うの？」

「そうじゃないけどさ…。健二郎さんってスゲエんだ」

「何がヨ？」

「だからさ…。一時間で三回だぜ。あの歳で信じられる？　男に飢えまくりって感じ」

俺を自分の身体に迎え入れて喘ぐ健二郎さんの姿を思い出す。もう無理だと言っても、自分から俺の上に馬乗りになって尻を振っていた健二郎さん。

「そりゃ仕方ないじゃない。田舎に住んでたら男と出会うなんてできないんだろうから」

「そうかもしれないけどさ…」

「わかった。アンタ、健二郎と一緒になって三発出したんでしょ」

「えっ、えっと…」

「隠したってダメよ。アンタの性格からして図星よね。いつも言ってるでしょ、射精は…」

「別料金、だろ？　わかってるけどさぁ」

「いちいち客と一緒にいい気分になってたら身が持たないわよ。アンタだって若くないんだし」

「るっせえ！　とにかく俺はもう…」

「残念でした！　次の予約が入ってるわ」

「何？　どういうことだよ？」

「二週間に一回、木曜の朝に出張ヨ、アンナ・カハルナへ」

「アクセントが違うッ、安中、榛名！」

「同じじゃない。とにかく群馬へ出張ヨロシクね」

「なんで俺なん？」

「馬鹿ね。アンタのこと気に入ったからに決まってるでしょ」

「まさか。今日だって健二郎さん、俺とろくに話もしなかったぜ」

俺の顔を見た麻理奈さんが何かを言いかけてやめる。コーヒーをひと口飲んで、それから俺にむかって口を開く。

「さっき健二郎から電話があったの。やっぱり哲也は可愛い、だってさ」

「カワイイ…？」

「あら、照れてるの？」

「チッ、そんなわけねえじゃん」

「とにかく、今どき定期で指名くれる客なんて珍しいんだから有り難いと思いなさい」

さっきの健二郎さんの態度からは想像もできない。本当に俺でいいんだろうか。

「だいたいね、健二郎と寝て金もらうなんて、アンタ贅沢なのよ」

「は、はあ…」

「健二郎ったら、あの頃アタシが何もかも捨てて口説いて口説いて口説き続けたのにさ、まるで目もくれなかったんだから…」

麻理奈さんは腹立たしそうに煙草を噛む。俺は思わず笑ってしまう。

「そ、そりゃそうだろ。健二郎さんは男が好きなんだから」

「哲也って、ホントに馬鹿ね！」

麻理奈さんは苛立ったような目つきになって俺の顔に煙を吹きつける。

「世の中にはね、百パーセントのホモなんていないし、百パーセント女好きって男もいないのよ」

「そ、そうかな?」

「ええ。アタシが口説いて落ちなかったホモは健二郎とアンタくらいなものよ」

ヘッ、と俺は腹の中で思う。麻理奈さんを相手にしたゲイなんて、どうせ金目当てだったんだろうに。俺は口に出す前に話題を変える。

「なあ、健二郎さんってなんであんな田舎に住んでるん？　前は広尾だったろ？」

麻理奈さんは俺を見て、何も言わずに首を横に振る。

「人間、生きてればいろいろあるのヨ…」

なんとも言えない顔でそれだけ言って、麻理奈さんは黙り込む。それを見ると俺もそれ以上は訊《き》けない。

「そうだ、料金のことなんだけどさ…」

「健二郎から三万もらったでしょ？」

「ああ。でもこれって安くない？」

「今朝貸した電車代だけ返して。あとはアンタの取り分だから」

「え？　でもそれじゃ…」

「アタシがいいって言うんだからいいの。昔の男から金は取れないわ」

「モノにできなくても『昔のオトコ』なん？」

「何か言った？」

「いや、なんでもない」

「じゃ、お疲れさま。帰っていいわよ」

麻理奈さんは少し不機嫌になったみたいだ。

「アタシ、これから歌舞伎町の店で面接があるの。さあ、とっとと帰った帰った！」

俺を追い立てるように言う麻理奈さん。階段のところまでくると三階にむかって大声を出す。

「ねえユウヤ、出かけるから車出して！　十分後にお願いね！」

ユウヤというのは今朝ジャガーを運転していた男だろう。

「なあ麻理奈さん」

「何よ」

「今朝の男、やめたほうがいいぜ」

「フンッ、アンタに言われたくないわ」

ピンクパールの唇を歪ませて麻理奈さんが笑う。

「ダメ男の匂いがする。俺も同類だからわかるんだ。ダメだよ、アイツ」

麻理奈さんは小さくうなずいてわかってると囁《ささや》く。騙されたあと、酒につき合わされて泣き言を聞かされるのはいつも俺の役目なんだから嫌《いや》になる。

とにかく疲れた。今は部屋に戻ってゆっくり寝たい。俺は久しぶりに暖かくなった懐に手をやりながら、麻理奈さんの屋敷をあとにする。

第二章

誘い

L'invitation

安中榛名に通うようになって三カ月が過ぎた。寒々しかった山にも梅が咲いて桜が咲いて、今は新緑に覆《おお》われている。

二週間に一度、同じ新幹線で行って安中のラブホテルで一時間過ごして、駅で一時間待って東京に戻るという、同じスケジュールの繰り返し。それでも健二郎さんとは車の中で少しずつ話をする余裕もできた。健二郎さんの顔にも笑顔が増えてきた。俺は遠距離交際みたいな気分で、二週間ごとの木曜日がくるのを楽しみにさえ思っている。

そんな俺を突然麻理奈さんが歌舞伎町に呼び出してくる。夜七時、開店前のホストクラブ。もちろんこの店も麻理奈さんの経営だ。ラウンジで待っていると、両手に携帯を持った麻理奈さんが話をしながら現れる。

「じゃあ大丈夫ね？　行けるわね？　お客に返事するからね。失礼のないように行ってくるのヨ！」

これからパーティーにでも出かけそうな黒いロングドレス、装飾過剰に近いアクセサリー。腕時計まで合わせたら総額何百万円を身につけているのだろう。

携帯を切ると俺に目だけで合図して、手帳を開いてもう一方の携帯をいじりはじめる。呼び出し音を聞きながら、マネージャーを指で呼んで昨日の売り上げの数字をチェックしている。

「もしもし、大変お待たせ致しました。ご希望のボーイと連絡がつきまして、一時間後にご指定のホテルの部屋へ伺わせます。はい、どうぞ宜しくお願い致します。毎度ありがとうございます…」

馬鹿丁寧な口調とは裏腹に、麻理奈さんは脚を組んでセーラムをくわえ、鼻と口から煙を吐いている。このダミ声、客のほうは絶対年増のホモだと勘違いしているはずだ。

「お待たせ。一件成立だわ」

二台の携帯をガラステーブルの上に放り出して、嬉しそうに笑って煙草をふかす麻理奈さん。俺には最近客が減ってると愚痴をこぼしていたけど、人気のあるボーイはそれなりに客がついているようだ。

俺はといえば生活がどんどん苦しくなってきている。指名が全然入らないんだ。先月はアパートの家賃を払うのがやっとだった。ガスは先週から止められている。携帯の料金も来週までに払わないと止められてしまう。借金だけはしないと決めていたけど、この頃は消費者金融の看板がいやでも目に入ってくる。

「ねえ哲也…」

麻理奈さんが煙草を揉み消しながら言う。

「ん?」

「あのね、これはあくまで健二郎からの伝言なんだけどさ…」

「健二郎さん、何か言ってきた?」

黙って頷《うなず》く麻理奈さん。

「アンタ、健二郎と一緒に暮らす気はない?」

「はぁ?」

「アイツがそう言ってるのよ」

「安中榛名で?」

「うん…」

俺達の周りではまだ若い新入りのホスト達が一生懸命な顔で掃除をしている。

「便所掃除したヤツ、誰だッ!」

マネージャーが怒鳴ると、色白のまだ幼い顔をしたホストがおずおずと手を挙げる。そいつは奥に連れて行かれて、残った連中はまた掃除の手を動かす。

明るい蛍光灯の下で見る連中はみんな痩せて顔色が悪い。寝不足と飲み過ぎで身体がボロボロなんだろう。所詮《しょせん》は妖しい光の下で生きる夜の男達。ふとその中に自分がいるような気がして、俺は顔をそむける。

「なあ、健二郎さんはあっちで一人暮らしなん?」

「いや、お父さんと二人のはずヨ」

「うっそ！　ありえねえよ、そんなの」

「やっぱり、…イヤ?」

「ド田舎で、ジジイつきかぁ」

「でもアンタ、今のままじゃ生活していけないでしょ」

痛いところを突いてくる麻理奈さん。健二郎さん一人だったらまだ考えられなくもない。でも親父さんと同居してて、どうして俺を呼び寄せようとするんだろう。俺の頭の中に閑散とした分譲地の景色が蘇《よみがえ》ってくる。

「健二郎がどうしてあんなところに住んでるか、話すわね。別にそれでどうこうっていうんじゃないけど…」

麻理奈さんが『人売り麻理奈』に似合わないしんみりした口調で話し始める。

「健二郎は昔から頭が良かったわ。アンタも知ってると思うけどあの若さで大学の助教授になったくらいだから。でもねえ、家族とは縁が薄いっていうか、男が好きっていうことで父親と衝突してから全然実家に帰ってなかったの。新宿でいくらモテても、アタシと飲んでても、いつも寂しそうだったわ。

病弱だったお母さんの具合が悪くなった時もね、意地張って帰らなかったの。仕事が忙しかったせいもあって。そうこうしてるうちにお母さん、急に亡くなっちゃってね。アイツ泣いてたわ。親不孝をした、って。

アイツには兄さんと姉さんがいるんだけど、二人とも東京の近くで家庭を持ってて、お母さんが亡くなってからは田舎でお父さん一人きりになっちゃったのよ。そのお父さんも一年も経たないうちに脳梗塞で倒れて寝たきりになって。その時だったわ、アイツが田舎に帰るって大学を辞めたのは」

麻理奈さんは言葉を切ってフッとため息をつく。

「母親を看取れなかった分、父親の面倒は自分が看る、ってね。自分を勘当同然に扱ったけど、親は親だから、って。それで帰っていったのがちょうど一年前かしら。でもまだ男盛りでしょ？　それでアタシに電話が来て…」

「それで俺が？」

麻理奈さんが頷く。

「アンタの名前を言ったら、アイツ大喜びしたわ。まあ、それより身体売ってるアンタを心配してたけどね」

麻理奈さんは何本目かの煙草に火を点《つ》けて煙を吐く。

「田舎にもデイケア施設があってお父さんを預けられるんだけど、でもそこへ連れていくとお父さん、物は食べない、水さえ飲まない。だから預けられるのは入浴させる間の、ほんの何時間かが限度なんだって」

「そうか、だから…」

「そう。センターに父親を預けて駅にアンタを迎えに行って、急いでヤルことヤッて、またセンターにトンボ帰り。アタシに電話で愚痴ってたわよ。本当は哲也とゆっくり食事でもしたいのに、って」

俺はいつも何かに追われているような健二郎さんの顔を思い出す。

「健二郎はまだアンタのことが好きなのよ」

「な…、何言ってんだよ。そんなわけ…」

「健二郎がよく言ってるわ。危《あぶ》なっかしいけど、でも可愛い、って。まったく失礼しちゃうわ、このアタシにそんなノロケを言うんだから…」

「危なっかしい、か…」

「在宅とはいってもね、やっぱり仕事しながら一人で介護ってのは大変らしいのよ。せめて話し相手でいいから、哲也に一緒にいて欲しいんだって」

俺は少し疲れた健二郎さんの顔を思い出す。

「健二郎さんって、今は何してるん?」

「詳しくは知らないけど、経済誌で連載書いてるのは読んだことあるわ。それと、大学の教授の執筆を手伝ったりしてるみたいよ。今はネットやメールがあるから田舎でもそんなに不自由はないんだって」

「ふーん、そうなんだ…」

「なんだか余計なこと、いろいろ言っちゃったわね。最終的にはアンタが決めることだからよく考えるのよ。アタシは健二郎の伝言を伝えただけだから」

言いたいことだけ言って麻理奈さんは店から出て行ってしまう。今夜は青山のレストランにむかうのだろう。俺もいつまでいても仕方ないから、あとに続いて店を出る。ジャガーの姿はない。麻理奈さんはタクシーを拾って走り去っていく。もともと華奢な身体だけど、今夜はドレスを着た後ろ姿がなんだか小さく見えた。俺はタクシーのテールランプを見ながらため息をつく。

歌舞伎町はすっかり夜の顔になっている。これから夜を楽しもうとやってくる人波に逆らいながら俺は新宿駅へと歩く。どうしようか。この東京を離れて、俺は生きていけるだろうか。だけど、今夜部屋に帰ったら電気が切られているかもしれない。俺は混乱していく頭をどうすることもできなくて、ジャケットの襟に顔を埋めて交差点に立ちつくす。

第三章

山麓

Le pied de la montagne

「安中榛名、安中榛名です」

アナウンスが流れるプラットホームに降り立つ。今日降りたのは俺だけだ。肩から下げたバッグがやたらに重い。改札を抜けると駅前広場に健二郎さんが立っている。

「よう、来たな！」

健二郎さんが嬉しそうに笑《え》みを浮かべる。こんな顔を見るのは群馬に通うようになって初めてだ。やっぱり決心して来て良かった。俺は荷物を抱えてワゴンに乗り込む。

動き出した車はいつもむかうのとは反対方向へ、山道を登り始める。

「あれ、健二郎さんの家って分譲地の中じゃないの？」

遠ざかっていく駅前を振り返りながら俺が尋ねると、健二郎さんは前を見たまま苦笑いする。

「残念だったな。俺の家はこの先の峠を越えて、しばらく行ったところだ」

「そうなんだ…。けっこう遠い？」

「うーん、十キロ…、十五キロくらいかな。あ、新しいトンネルを使うともう少し近いかな」

健二郎さんの実家はあの新しい住宅街の中だと俺は勝手に思い込んで、東京からも遠くないと安心していた。なんだか急に途方もなく遠いところへ連れて行かれる気がして、心細くなる。

無言でハンドルを繰る健二郎さんに、一番気になっていることをそれとなく尋ねてみる。

「お父さん、寝たきりなんだって?」

一瞬の間があって、健二郎さんが口を開く。

「ああ。麻理奈から聞いたのか?」

「うん。大変なんだろうね」

「けっこう手がかかってな。ほら、この車も車椅子のまま乗せられるように改造したんだ」

後部を見ると、そこに座席はなくて、ストッパーらしい器具が取りつけられている。

「哲也の親は元気なのか?」

「うん、死んだって言ってこないから元気なんじゃねえの」

考えてみたらここしばらく電話もしていない。健二郎さんは呆《あき》れたように俺を横目で見る。

「たまには顔見せてやれよ」

「ヤダよ。どうせ文句言われるだけだから」

「親なんてな、ちょっと見ない間にビックリするくらい歳とってるもんだぞ」

「ふーん…」

俺は最後に見た親父の顔を思い出す。健二郎さんにどう言われても、あの顔はまだ当分見たくない。

「介護って大変なん?」

「ああ。体力勝負だな。俺なんか親父を抱え上げる時に腰を痛めて病院通いしてるよ。これじゃ老々介護だな」

「ゲッ、辛《つら》そう」

「それに…」

と言って健二郎さんは言葉を切る。

「もちろん親には長生きして欲しい。一人しかいない自分の親だから。でもな、この生活がいつまで続くのかわからない。あと五年か十年か。俺の人生がこの先どうなるんだか、正直言って不安だよ」

「そうなんだ…」

「なんだか、俺一人が世間から取り残されてるみたいな気がしてな。ときどきたまらない気持ちになったりする」

「取り残される、か…」

その気持ちは俺にもわかる。俺が黙り込むと健二郎さんは慌てたようにつけ足す。

「でも、親父のことは哲也には関係ないからな。お前は何も気にするな」

「あ、ああ…」

「親父や近所には大学の時の教え子が農村の研究にくるって言ってある」

「農村の、研究？」

俺は吹き出しそうになる。学者じゃあるまいし、そもそも俺はそんなキャラじゃない。

「理由がなけりゃお前みたいな男が東京からこんな田舎にくるなんて不自然だろ」

健二郎さんが俺を見て笑う。

「まあ、そうだよな」

「それから、お前が東京から通ってた時と同じくらいの金は渡すからな」

俺は健二郎さんの顔を見る。

「俺は…、売りをやるために来たんじゃないぞ。車停めろよ。俺、降りて帰る！」

ドアに手をかけて見せると、健二郎さんはわざとスピードを上げる。

「哲也だって小遣い程度は金が要るだろ？」

「バイトするさ。コンビニでも、ガソリンスタンドでも。家賃が要らないんだから楽なもんさ」

「コンビニか。ハハハ…」

健二郎さんが愉快そうに笑う。

「何がおかしいんだよ」

「そんなことよりほら、見ろよ」

俺が腹を立てていることなんか知らん顔で、健二郎さんは車を路肩に停める。いつの間にか車は峠まで登ってきている。俺は健二郎さんが指さす方向を見て息を呑む。目の前に裾野が広くて高い山が堂々とそびえている。

「えっ…？　富士山？」

「ここは群馬だぞ。あれは榛名山だ」

「へえ、すげえキレイだな」

「で、あっちが妙義山」

初めて安中榛名の駅に降り立った時に見えた、大波のような変な形の山を健二郎さんが顎《あご》で指す。峠から見る新緑の壮大なパノラマに俺は見とれる。

「俺の家はあの榛名山の麓《ふもと》にむかってずっと登っていったほうだ」

はるか先に、川を挟んだ帯のような平地がずっと続いているのが見える。

「さあ、行くか」

ワゴンはだらだら曲がりくねる山道を下って川の近くに出ると、今度は川に沿った道をどこまでも進む。すれ違う車も人の姿もない。見渡す限り畑と林ばかりだ。それでも少し行くと道沿いに小さな集落が現れて、見慣れたコンビニの看板が見えてくる。俺は懐かしいような気分でホッとする。だけどその中では、店番をしている爺さんらしい人影が一人、暇そうに煙草をふかしている。

健二郎さんは反対側のガソリンスタンドに車をすべり込ませる。

「おばちゃん、いるかー?」

誰もいない事務所にむかって声をかけると、白髪交じりの婆さんの頭がむっくりと起きあがるのが見える。よっこらしょ、という感じで歩いてくる婆さん。

「ああ、ケン坊か。あんまりヒマだから居眠りしてたよ。満タンでいいかい?」

「うん」

婆さんは慣れた手つきで給油をはじめる。

「誠造さんの具合はどうだい」

「相変わらずだよ。良くも悪くもない」

「ケン坊もよく世話するのぅ。誠造さんは幸せ者だ、孝行息子を持って」

のったりした方言の婆さんは健二郎さんのカードを持って事務所のほうにむかう。

「まったく、俺が生れた時から知ってるからまだ子供扱いだ」

「へへッ、ケン坊だって」

俺が笑うと健二郎さんは怒った顔をしてみせる。

「はい、ありがとうね」

戻ってきた婆さんはカードとポケットティッシュを健二郎さんに渡す。そしてやっと俺に気づいたのか、窓から顔を突っ込んでくる。

「あれ、お客さんがいたのかい」

「客っていうか…」

健二郎さんが俺に目配せをする。

「俺が大学にいた時の教え子だよ。農村の研究をしに来たんだ。しばらく村にいるから、ヨロシクな」

婆さんは俺の顔をまじまじと見て言う。

「いやぁ、いい男だのぅ。たまにはお茶でも飲みに来なさい。アタシゃいつもヒマにしとるから」

婆さんの物珍しそうな目を会釈でかわして、俺は健二郎さんの横腹をつつく。車はまた県道を走り出す。

「バイトする場所なんてなさそうだな…」

コンビニの爺さんとガソリンスタンドの婆さんを思い浮かべて俺が言うと、健二郎さんは前を見たままニヤリと笑う。

「だから小遣いやるって言っただろう」

「じゃあ、家のことは俺がやるよ。掃除とか洗濯とか」

「おう、そうしてくれると助かるな。でも哲也にできるのか?」

「…できるさ」

全然自信はない。だけど俺はそう言うしかない。車はまたしばらく走って横道を曲がり、敷地の広い大きな家の門を入る。


「これが、健二郎さんの実家?」

わりと新しい木造の大きい二階建て。広い庭からは榛名山が間近に見える。周りは集落とはいってもあっちに一軒こっちに一軒と、畑と林の中に家が点在しているだけだ。

「すげえ豪邸じゃん…」

「このへんじゃ普通さ。兄貴が親と同居するんで建てた家だからデカイんだ」

「いまお兄さんはどこにいるの?」

「勤めてた高崎の工場が統合になったんで、一家で千葉に引っ越した。あっちでマンション買うとか言ってるよ」

「ふーん…」

外に出ると懐かしいような草いきれと森の匂いがしてくる。理由もなく広島の実家を思い出してしまう。俺はワゴンから自分の荷物を担ぎ出す。

「お前はこっちの離れに住め。送ってきた荷物はもう運び込んであるから」

ひとつの建物に見えた屋敷は、よく見れば一部分だけが別棟になっている。中に入ると台所と風呂・トイレがついたこぢんまりした一DK。住み心地は悪くなさそうだ。

「前はここに親父とお袋が住んでたんだ」

「はぁ？　ここに二人で？」

こんな立派な屋敷なのに、歳とった夫婦がこんなちっぽけな離れに住んでいたなんて。

健二郎さんの顔を見ると、少し困った顔でうなずきながら肩をそびやかしてみせる。

「哲也、親父に顔だけ見せてやってくれよ」

健二郎さんに言われてそれもそうだと思い、俺は正面の玄関から母屋に上がる。二階の天井まで吹き抜けになった広い玄関はちょっとした旅館みたいで、離れとは雲泥《うんでい》の差だ。

玄関横の床の間がある南向きの座敷で、親父さんは介護用ベッドに寝かされている。

「父さん、このまえ話した哲也が来たよ」

「初めまして。俺、笹川哲也といいます」

少し緊張しながら、それでも俺としては精一杯愛想よく話しかける。親父さんは歳をとってはいるけど、顔かたちは健二郎さんとそっくりだ。そのそっくりな目で俺をジロッと睨むと、何も言わずにフッと横を向く。不愉快そうに大きく咳払いをして、そのまま目を閉じてしまう。

健二郎さんは俺の腕を引いて座敷から連れ出すと、小声で囁く。

「気にするなよ。親父は最近、他人の顔も見分けられなくなってるようだし…」

取り繕《つくろ》ったって俺にはわかる。あの目は俺への憎しみで満ちていた。俺と健二郎さんの関係を知っているぞと言わんばかりの顔だった。

「平気だよ。そのうち慣れてくれるさ」

俺は笑って見せるけど、内心はかなり落ち込む。これから本当にこの家で暮らしていけるんだろうか。やっぱり軽率な決断だったんだろうか。

「哲也、よく来てくれたな…」

俺の気持ちを察したんだろう、健二郎さんは俺の耳元で囁いて身体を抱き締める。吹きかかる息が熱い。俺も健二郎さんの背中に腕をまわして厚い胸板に顔を埋める。『まったく、アタシが口説いたのに…』と真剣に怒っていた麻理奈さんの顔がちらつく。

新宿二丁目で初めて見かけて胸をときめかせた遠い日。あれから何年経ったんだろう。今日から健二郎さんと一緒に暮らせるんだと、俺はやっと実感する。


「あら、もう着いたのォ?」

ふいに女の声が聞こえたから、俺は慌てて健二郎さんの身体を突き放す。スリッパの足音をパタパタさせて、奥からエプロンをした女が出てくる。

「どうも、いらっしゃい」

「よ、洋子…。来てたのか」

俺の顔を見て微笑《ほほえ》む女と、ドギマギしている健二郎さん。聞いていた話と違う。健二郎さんと親父さんの二人暮らしじゃなかったのか。

「お昼できてるわよ。食べるでしょ?」

「あ、ああ…」

健二郎さんは俺を気にしているのか、返事もうわの空だ。

「さあ、こっちへどうぞ」

洋子という女は明るく笑いながら俺を奥へ案内する。細身のジーンズと身体にフィットした薄手の黒いニット。化粧っ気《け》がない、それでいて透き通るような肌。無造作に後ろで縛ったセミロングの黒い髪が整った小顔を一層すっきり見せている。こんな田舎には似合わない都会的な女だ。歳は健二郎さんよりかなり若いみたいだ。

「哲也君、だったっけ？　驚いたでしょ、あんまり田舎だから」

俺に親しそうに話しているんだろうけど、その言葉はなぜだか空々しく聞こえる。

十人以上が一緒に食事ができそうな広いダイニングキッチン。その真ん中に置かれた分厚い一枚板のテーブルの上に天ぷらや煮物が何種類も山のように作ってある。洋子という女は飯を盛りつけながら相変わらず笑顔だ。形だけ笑顔を作って必死で崩さないようにしているのがよくわかる。

洋子という女は健二郎さんの分も茶碗に盛ると、かけていたエプロンを外して畳み始める。

「じゃ、あたし帰るから。お父さんの食事は土鍋の中ね。それとお刺身が冷蔵庫に入ってるから晩ご飯に食べて」

「なんだよ、帰るのか。お前も一緒に食べていけばいいのに」

「ゴメン、うちも今日は母がいるんだ。煮物、もらっていくわ」

洋子という女は小声でそう言って笑う。

「いつも悪いな」

「何言ってるのよ。あたしが勝手に来てるだけだって言ってるじゃないの」

エプロンを慣れた手つきで物入れの引き出しにしまうと、洋子が言う。

「哲也君、慌ただしくてゴメンなさいね。またゆっくり、ね」

顔はこっちに向けても目は合わせずに、洋子は勝手口からスッと消えるように帰っていく。

「誰だよ、あの女」

俺は少し面白くない。親父さんがいるのは知ってたけど、我がもの顔で出入りしてる女がいるなんて聞いていない。

「小学校から高校までの同級生さ。幼馴染みっていうのかな。隣の集落に住んでる」

健二郎さんはまるで関心なさそうな顔で天ぷらにかぶりついてる。

「ずいぶん親しそうじゃん」

「もう三十何年のつき合いだからな。家族みたいなもんだ」

「ふーん、そうなのか」

そうは答えてみたけど、どうも腑《ふ》に落ちない。よその家の、いい歳をした女が独身の健二郎さんのところに通ってくるなんてどう考えても訳ありじゃないか。俺が来たことが面白くないみたいな顔をしていたし。

「あの人、結婚してる?」

「東京で家庭を持ってたんだが、何年か前に離婚して帰ってきたらしい。お袋さんは身体が弱くてしょっちゅう入院してるよ」

「子供は?」

「いない。それが離婚の原因だって噂も聞いたけど、本当のところは俺にもわからない」

「働いてるんだろ?」

「ああ、高崎の総合病院で看護師やってるよ。非番の日にはこうやってあれこれ世話しにくるんだ」

「ふーん…」

俺は煮物に箸を伸ばしながら考える。田舎には田舎の人間関係があるんだろう。でも俺には関係ないことだ。とりあえず洋子さんが作ったおかずは美味い。俺は珍しく食欲を感じて、猛烈に食い始める。

第四章

坊主頭

Tête rasée

最初は観光気分で村のあちこちを歩き回ってみたけど、ほんの三日で飽きてしまった。この山間の村には本当に何もない。暇つぶしに村で唯一のコンビニに雑誌を立ち読みしに行っても、これまた暇を持て余した店の爺さんの話し相手をさせられるだけだ。ファミレスもファストフードもない。ゲームセンターも漫画喫茶もない。

親父さんの部屋以外は家じゅう徹底的に掃除した。庭も掃《は》いた。健二郎さんの家の畑をいじってみたりもした。でも全然時間が過ぎない。結局俺は持ってきたパソコンでゲームをやって遊んでいるだけだ。これじゃ高円寺に住んでいた時と同じだ。

「なあ健二郎さん、ホントにこの村じゃなんの仕事もねえの？　退屈で死ぬよ、マジで」

晩飯を食いながら、俺は健二郎さんに言う。

「仕事か。なくもないんだがな」

「どんな仕事？」

「農家の手伝いだ。この辺りは兼業農家ばっかりだから、週末以外には人手がなくて困ってるらしいぞ。農協に行って聞いてみろよ」

「農作業かぁ…」

別に俺は農業をやりたくてここに来たんじゃない。とは言ってもほかにやることもなさそうだ。

「そうだな…。明日にでも行ってみるか。農協ってここから近い？」

「ああ。車なら十分、歩いてもほんの三十分くらいだ」

ほんの三十分って…。俺が口をとがらせようとすると、玄関のほうに人の気配がする。

「こんばんは！　健二郎さん、いますか！」

若い男の声だ。健二郎さんが俺を見てニヤッと笑う。

「噂をすれば影、農協が来たぞ」

ドカドカと勝手に上がり込んできたのは、坊主頭で日に灼《や》けた悪ガキみたいな顔の作業服の男。背が高くて骨格もシッカリしているけど、俺よりずいぶん年下、二十代もまだ前半くらいだろうか。

「ういッス…。あ、お客さんか」

「おう耕太、こいつが前に話した…」

「ああ、東京からの。俺、耕太です。JA西榛の職員やってます」

耕太という若者は俺の目を見てニッと笑う。よく見ると黒目がちの力強い瞳と太い眉、それでいながら品のいい唇をした、男らしい美形だ。

「どうも…。俺は哲也」

胡座《あぐら》をかいて座り、俺をまっすぐ見る耕太。その目線になぜだか少しドギマギする。こんなイイ男がこの村にもいるのか。

「なあ耕太、コイツは農業の経験ないんだが、なにか臨時の仕事ってないかな？」

健二郎さんに尋ねられて耕太は俺の身体をチラッと見る。

「農作業ならいくらでもあるよォ。とにかくこのへんは年寄りばっかりだから手が足りなくて大変なんだ」

「でも俺、ホントに全然未経験だぜ」

「平気平気。体力さえあれば大丈夫だよ。明日うちの事務所に来なよ」

耕太は俺のほうを向いて明るく笑う。きれいに並んだ真っ白な歯に、俺はただじっと見てしまう。

「ところで新婚生活はどうだ？　耕太」

俺の気持ちを見透かした健二郎さんが尋ねる。この若さでもう所帯持ちなのか。少し冷静になる俺。

「まあまあ、ですかね。エヘヘへ…」

照れて笑う耕太を見ながら、健二郎さんが俺にウインクしている。さりげなく牽制《けんせい》してくるなんて、けっこう意地悪だ。

「そうそう。今日はノロケに来たんじゃないですよ。健二郎さん、今年の秋の神楽舞《かぐらまい》のことなんですけど…」

「お神楽がどうかしたのか？」

「舞い手が足りないんです。ほら、去年のメンバーだった横井のタカシさんと高井さんちのジンさんが…」

「そうか、奴らも埼玉に引っ越したもんな」

「そうなんですよ。それで、健二郎さんはどうかと思って…」

「俺か？　俺は無理だ。もう四十過ぎだし、親父を放って毎晩練習するのはキツイなあ」

「そうですよね…」

「この村もどんどん寂しくなっていくな」

困り切った顔で下を向いていた二人が、思いついたように同時に顔を上げてゆっくりと俺のほうを向く。

「いたっ！」

「そうだ、哲也ならピッタリだ！」

「な、なんのことだよ、いったい…」

俺はわけもわからずに、ただ二人の顔を見る。

「哲也さんいるかー」

耕太の声だ。この前の夜から三日が経っている。玄関からズカズカと上がり込む耕太の足音が聞こえてくる。晩飯を終えた俺と敬二郎さんはごろ寝しながらふざけ合っていたから、慌てて身体を離す。

「じいちゃん、気分はどうだい?」

向こうの座敷で耕太が親父さんに声をかけるのが聞こえてくる。

「チッス!」

耕太がいつもの笑顔で俺達のいる茶の間に入ってくる。今夜は少し蒸し暑いせいか、耕太の身体からは若い男の匂いが立ちのぼっている。ガッシリした身体にTシャツが汗で張りついて、逞しい筋肉が薄い生地越しにはっきり見える。

「哲也さん、ナシ畑の仕事は慣れたか?」

「ああ、なんとかな。だけど首も肩も筋肉痛でパンパンだぜ」

「斉藤さん、喜んでたヨ。仕事の呑み込みが早くて助かる、ってな」

耕太が紹介してくれたのは老夫婦がやっているナシ畑の手伝いのバイトだった。朝から暗くなるまで働いて五千円。東京にいた頃だったら一時間で稼いだ金額なのに、仕事のあとに年寄り夫婦から手渡しされると申し訳ないような気分になるから不思議だ。

「哲也さんみたいな若い労働力はこの村じゃ貴重だからな」

「若い、…か?」

出張ボーイの三十過ぎは年寄り扱いだったけど、この村ではまだ期待される年齢らしい。だけどその「若さ」が、俺に厄介な役目を負わせようとしている。

「今日はお神楽のビデオを持ってきたぞ。去年の秋に撮ったヤツだ」

「なあ耕太、本気かよ? 俺が神楽なんて冗談だろ?」

「いや、きのう青年会の会長に話したんだ。そしたらもう大賛成。決まっちまったよ。あ、そうそう、今度の土曜の夜に青年会で哲也さんの歓迎会やるからな」

「歓迎会はいいけど、俺は小学校の運動会でフォークダンス踊ったのが最後だぜ」

慌てる俺に健二郎さんが言う。

「哲也、雷神の役をやれるのはこの村じゃ名誉なことなんだぞ。頑張ってみろよ」

やれるも何も、俺しかいないんじゃないか。俺は腹の中でつぶやく。

「そうだよ、哲也さん。俺が風神で哲也さんが雷神。二人で村の連中をアッと言わせてやろうや!」

耕太は立ち上がって茶の間の大画面テレビにビデオカメラを接続する。画面には村はずれにある神社が映る。村に来た次の日に行ってみた場所だ。人っ子一人いないさびれた雰囲気だったけど、ビデオに映るその境内にはごった返すほどの人間がひしめいている。

「ほら、始まるぞ」

耕太が画面を指さす。にぎやかに飾られた舞台の上にひょうきんな化粧をした男達が鋤《すき》や鍬《くわ》をかついで登ってくる。そして間の抜けたようなのんびりした動きで踊り始める。

「この神楽は村の農作業を表してるんだ。けど、哲也さんに見せたいのはここじゃねえんだよなぁ」

ブツブツ言いながら、耕太は早送りを始める。

「ほら、ここからだ。始まるぞ！」

その言葉に画面を見ると、踊っていた農民を蹴散らしながらいかつい形相《ぎょうそう》の面をつけた二人の男達が舞台に登場する。急に囃子《はやし》の音が高くなって、乱打される太鼓の音が響く。まるで歌舞伎のような豪華な衣装をまとった二人が、農民達を威圧するように舞台狭しと舞い踊る。その姿に、神楽を知らない俺の目も釘付《くぎづ》けになる。とにかく力強くて格好いい。

「この朱色の衣装が雷神、で、青いほうが風神だ。これ、俺がやってんだぞ」

俺はもう画面から目が離せない。風神と雷神の舞は力強く、ピッタリと息が合っている。

宙を跳《は》ね、互いを担《かつ》ぎ上げ、背中を合わせ、絡み合うように激しく舞い狂う。力強い太鼓の響きに合わせた男二人の動き。見えない筋肉の躍動までがはっきりわかる。身体を重ね、突き放し、そして手を取り合ってまた宙を舞う。

まるで男同士の肉体の絡み合いのようにエロティックだ。息の合った二人の男が見せる華麗な舞。これを俺と耕太が舞うというのか。俺は喉がカラカラに乾いてしまう。

激しい舞は十分以上続く。そこに真っ白い衣装を着た老人が現れる。耕太が画面を指さす。

「これが村の守り神なんだ」

老人が手に持った杖《つえ》のような棒をひと振りすると、風神と雷神はもんどり打って舞台から転げ落ち、その姿を隠した。舞台ではまた農民達が、守り神の老人を囲んでのんびりと踊り始める。

と、そこで耕太はビデオを止める。

「こんな感じさ。真面目に畑を耕す農民をいじめて、神様に追い払われるのが俺達の役だ。格好いいだろ？　敵役《かたきやく》だけど村祭りの花形だ」

耕太が少し誇らしげに言う。いかつい顔が俺を見てニッと笑う。

「神楽はこんなに激しい踊りだったか？」

横で見ていた健二郎さんが少し戸惑ったような声で言う。

「昔からこうだって聞いてるよ、俺は」

「そうか…。俺はもう二十年以上も見てないからな」

「そうだよ。健二郎さん、なんで全然村に帰ってこなかったんだ?」

「いや、いろいろあってな…」

耕太の純粋な質問に、健二郎さんは言葉を濁《にご》す。

「なあ耕太、本当に俺があれをやるのか?」

「そうだよ。なぁに、まだ秋祭りまでには半年もある。俺が手取り足取り教えてやるよ」

それが癖なのか、ニッと歯を見せて笑いながら俺を見る耕太。手取り足取りか…。俺は妙に気恥ずかしくて横を向く。何か言いたげな健二郎さんと目が合って、今度は慌てて下を向く。健二郎さんも俺の気持ちを見抜いているに違いない。

耕太の若い熱気だけが俺の身体にまとわりついて、離れようとしない。

第五章

噂

Rumeur

「親父さん、おはよう」

返事はない。俺は気にせずいつものように親父さんの部屋の襖《ふすま》を開ける。夜遅くまで雑誌の原稿を書きながら親父さんの面倒を看ている健二郎さんの代わりに、朝早く起きてこの部屋の障子を開けるのだけは俺が引き受けている。

間近で見ていると介護ってのは俺が想像していたよりはるかに大変な仕事だ。健二郎さんの生活全部が寝たきりの親父さんを中心にして回っている。朝、顔と身体を拭いて寝間着を着替えさせる。そして三度の食事、オムツの取り替え、おまけに床ずれしないようにと、健二郎さんが起きている間は二時間おきに寝る向きを変えたり、時にはベッドを起こして座らせたりしている。

親父さんは年寄りにしては大柄で、健二郎さんでさえ一人で抱きかかえるのは大変そうだ。そんな時だけは俺も手伝うようにしている。

「介護保険ってのがあるんじゃねえの?」

俺が聞きかじりの質問をしたら健二郎さんは苦笑いした。

「何度かヘルパーにも来てもらったけどダメなんだ。親父は他人に身体を触られるのも嫌がってさ」

結局、そんなこんなで健二郎さんの睡眠時間は四時間くらいしかない。たまには昼寝をしているみたいだけど、それでも肉体的に大変だろう。やつれるのも無理はないと俺は納得して、毎日の家事は一手に引き受けるようにしている。

「親父さん、身体の向きを変えようか?」

毎朝親父さんに声をかけても、親父さんはまるで俺がそこにいないような顔をしている。もう慣れたとはいっても、この時だけはさすがの俺も気分が暗くなる。

今朝もいい天気だ。榛名山が東の空に大きく見える。親父さんはいつもと同じように障子を開けた窓からじっと庭を眺めている。まだ空気が冷たいから窓を細めに開けて俺が部屋から出ようとすると、ふいに後ろから声が聞こえる。

「テ、テッ…」

親父さんが俺に何か言おうとしている。慌てて枕元に近づくと、親父さんはマヒしてうまく回らない口を一生懸命動かす。

「か…、かぐら…」

「親父さん!」

初めて俺にむかって話しかけてくれた。俺は嬉しくて親父さんの顔をのぞき込む。

「なんだ、ゆうべの話、聞こえてたのかよ」

黙ったまますかにうなずく親父さん。

「へへッ、耕太の奴が強引でさ、俺、雷神の役をやらされそうなんだ。困っちゃうよな」

親父さんは俺の顔をじっと見る。その目はいつもの無表情とは違って、何かを言いたそうにも見える。でも言葉は出てこない。黙っていると息が詰まりそうで、かといってせっかく親父さんが声をかけてくれたのにと思いながら俺は部屋の中を見回す。

床の間に置いてある将棋盤と桐の駒箱が目に入る。

「親父さん、将棋やるのか?」

俺を見る親父さんの頬が少しだけ動く。

「俺さ、子供の頃じいちゃんに将棋教え込まれてさ、小学生大会で優勝したんだぜ」

ようやく会話のきっかけが見つかった。俺は介護用ベッドの背もたれを起こす。親父さんは嫌がらない。身体を安定させるために親父さんの身体の両側にクッションを置く。マヒしていない左手側にテーブルを置いてその上に将棋盤を置けば、ベッドの上の親父さんも手が届くだろう。俺は気をつけながら駒を並べる。こうやって将棋の駒に触るのは二十年ぶりくらいだろうか。俺は子供の頃の一時期、親が病気をした関係で祖父母の家に預けられていたことがある。そういう意味じゃ同年代の連中よりは年寄り慣れしているかもしれない。

ずいぶん年代物の、手の込んだ将棋道具だ。手伝いに行く農家でここの家は村の旧家だと聞いたけど、どうやらそれは本当らしい。親父さんは瞬《まばた》きもしないで俺の手の動きをじっと見ている。将棋盤の横に椅子を置いて俺が座れば準備完了だ。

「さあ親父さん、勝負だぞ」

俺が先手で駒を動かすと、親父さんはゆっくり腕を持ち上げて自分の駒を動かす。朝の空気の中で、俺と親父さんの指が交互に動く。マヒしていないとは言っても、親父さんは左腕を動かすのが辛そうだ。

「大丈夫か？　無理するなよ」

俺が声をかけても、親父さんは盤の上から目線を動かさないで首を小さく横に振る。こうして将棋を指していると、親父さんの頭が冴えているのがよくわかる。計算し尽くした鋭い手が次々に繰り出されてくる。親父さんの表情は見たこともないくらいに真剣だ。深い皺《しわ》の中の目が輝いて、じっと盤上に集中している。

俺はその顔を見ながら思う。これだけ頭がはっきりしていて、それなのに身体が思うようにならないってのはどんな気分だろう。一日中黙って横になって、健二郎さんの世話を受けるだけの毎日。一番辛いのはやっぱり親父さんなんだろうと俺は思う。

駒を動かす音だけが静かな部屋の中に響き続けて、休みながらの勝負も三十分で決着がつく。もちろん俺の完敗だ。

「親父さん、明日の朝もやろうな。俺、絶対いつか勝つぞ」

将棋盤を片づけながら振り向くと、親父さんの目がかすかに笑ったように見える。ベッドを元に戻して布団をかけ直す。

「じゃ、健二郎さんを起こしてくるよ」

今日は午前中に佐藤さんの梨畑で袋かけ、午後には分家の佐藤さんの畑でほうれん草の収穫だ。本家だの分家だの、俺も広島の実家にいた頃に経験があるけど、田舎は本当に面倒だ。いつでも都合がつく俺のような人間は重宝がられているようで、耕太は次から次へ仕事を入れてくる。この村じゃ俺もまだ引く手あまただ。

「健二郎さん、八時過ぎたぞ！」

俺は飯を食べ終えてから、親父さんの隣の座敷で布団をかぶって眠りこけている健二郎さんの上に覆い被《かぶ》さる。万一の時に備えて、健二郎さんはすぐ隣の部屋で寝起きしている。

ギュッと俺を抱きしめる太い両腕。

「何やってんだよ！」

俺は小声で囁いて健二郎さんの腕を抑える。考えてみたらこのところお互いに忙しくて、そういうことも全然していない。でもここでじゃれ合っていたら襖一枚隔《へだ》てた親父さんに気づかれてしまう。

「チッ…」

健二郎さんが拗《す》ねたような顔をしている。一緒にいたいのは俺も同じだけど、そんなことも言ってられない。子供みたいにふて腐れる健二郎さんに軽くキスすると、伸びかけた髭がザラザラして気持ちいい。

いつまでもそうしていたい気持ちを振り払って、俺は畑仕事の支度をしに自分の部屋に戻る。

「あれ、倉田さんとこに来てる学生さんだね。アンタ、今年のお神楽をやるんだって?」

露地物のほうれん草と格闘している俺に誰かが話しかけてくる。汗を拭きながら見ると、知らない中年の女が二人、愛想笑いしながらこっちに歩いてくる。

「あれえ、ルミちゃんとトミコちゃん!」

畑の向こうのほうから佐藤さんの奥さんが立ち上がって呼びかける。この分家の佐藤さんの家は亭主が近くの工場で働いているから、最盛期のほうれん草の収穫が間に合わなくて俺の応援を求めてきた。

「マサエちゃん、羨ましいよ。こんなイイ男と二人っきりでさ」

「ヒャハッハッハ！　ヤメてよぉ、旦那に怒られるわ！」

佐藤さんの奥さんはタオルで顔の汗を拭きながら歩み寄ってくる。この畑は県道沿いにあるせいか、俺に声をかけてくる人がやたらと多い。午前中の梨畑でもそうだったけど、今日会う全員とも俺が神楽を舞う噂を知っている。田舎の口コミはすごい。

「おニイさんも偉《えら》いね」

「え？　何がですか？」

「聞いてるよォ、こうして昼間は農業体験やって、夜は論文書いてるんでしょ。大学院までいくとさすがだね」

俺は内心でうろたえる。いつの間にか大学院生になっちまってる。下手に否定したらよけいにややこしくなると思うから、あいまいに笑ってごまかす。

「ホントよ。いい家のお坊ちゃんなのにこんな泥だらけになって働いてくれて。ウチの馬鹿息子達に見せてやりたいわ」

佐藤さんの奥さんが言うと、残りの二人もうなずく。いったい誰が俺をお坊ちゃんにしたんだろうか。

「そのうえ神楽までやるってんだから、今年の秋は楽しみだね」

「そうだねえ。でもこんなイイ男、お面被っちゃもったいないよ」

「そうだねぇ。今年はこのニイさんと耕太、豪華競演だねぇ。ワクワクしてくるよ」

「キャーハハハッ！」

榛名山にこだましそうな高笑いをするオバサン三人組。少しうんざりする俺の目に自転車に乗った見覚えある姿が映る。ハッと見た俺の視線を目ざとく追ったルミさんが大きく手を振る。

「洋子ちゃん！　お母さんはどうしてる？」

たしかに洋子さんだ。ここに着いた日に会って以来だからずいぶん久しぶりだ。白いTシャツがまぶしくて、こないだ会った時よりもっと溌剌《はつらつ》として見える。健二郎さんも四十代には見えないけど、洋子さんはその健二郎さんと同級生に思えないくらいに若々しい。

洋子さんは俺の顔を見てちょっと驚いた表情をする。

「また入院してるんですよー」

自転車をこぐ足を止めずにそう言い残して、洋子さんは健二郎さんの家のほうへ走り去っていく。

「大変だねぇ。アンタも身体に気をつけなよォ」

「はーい！」

振り返って会釈だけして、洋子さんは遠ざかっていく。その後ろ姿が見えなくなると、突然トミコさんが憤然と言う。

「まったくあの女、昼間っから…」

「いい歳してあんな若作りしちゃって」

「親を入院させといて、本人はあの調子だもん。看護師が聞いて呆れるわ」

ルミさんと佐藤さんの奥さんも眉をひそめて同調する。ほんの今さっき洋子さんに向けていた三人の笑顔が鬼のように変わっている。

「仕事して稼ぎがあったって、あんな女じゃ離婚されて当然だね」

「ねえ哲っちゃん、アンタの先生とあの女、アンタがココで働いてる間に…」

「アンタも勉強の邪魔で迷惑だろう?」

なんのことだか一瞬わからなかった俺も、三人の含み笑いと意味ありげな目配せでようやくその意味を知る。このオバサン達は勝手にあれこれ想像して、噂話を膨らませて楽しんでいるんだ。俺の田舎でもよくあった。新宿二丁目でも、シケた客しかこない場末感漂う飲み屋にはこんな連中が吹き溜まっていたっけ。

俺は胸くそ悪くなったから、その場を離れて仕事に戻る。オバサン三人組はまだ洋子さんの噂話で盛り上がっている。

「じゃあ哲也クン、またね!」

「論文、頑張るんだヨ」

ひとしきり話し疲れたのか、やっと立ち話は解散する。一応俺も立ち上がって会釈だけはしておく。あの連中、俺にはずいぶん愛想がいいけど、見えないところで何を言っているかしれやしない。

仲間達を見送って俺の横を通り抜ける時、佐藤さんの奥さんは日よけの帽子を被り直しながら言いわけがましく呟く。

「まったく他人の噂話ばっかりで恥ずかしいわ…」

俺は黙って手を動かす。

「でもねえ、近所の仲間だからイヤな顔もできなくて。やっぱり田舎はダメだねえ」

あんまりバツが悪そうな顔をしているから、俺は笑って見せてやる。

「べつにこの村だけじゃないさ。俺の田舎でもそうだったし、東京だって似たようなもんだよ」

佐藤さんの奥さんはやっと安心したように少し笑って、元の場所へと戻っていく。

それにしても…。俺は手を動かしながら洋子さんのことを考える。あの人はいったいなんのために健二郎さんの家に通って来ているんだろう。自分の仕事と親の世話もあるのに。ただの幼馴染みというだけで頻繁に健二郎さんのところに出入りするのは確かに少し変だ。

もしかして、オバサン達の噂のほうが真実なのかもしれない。いや、そんなはずない。それだったら健二郎さんが俺のことを呼び寄せるはずがない。俺はもう考えるのが面倒になって、ただひたすら手を動かすことだけに集中する。

第六章
狸
Le blaireau

「右、左、そこで右足を大きく上げて、グルッと回る！」

「こ、こんな感じか？」

「ダメだ、もっと思い切って飛ばなきゃ」

耕太の遠慮ない檄《げき》が飛ぶ。俺はもう汗まみれになって肩で息をする。

薄暗くなるまで畑仕事をして帰ると豪華な晩飯が並んでいた。たぶん洋子さんが作ったんだろうけど、もう帰ってしまって姿はなかった。健二郎さんは部屋に籠《こも》って仕事を始めていたから、俺は一人で久しぶりに美味い飯にありついていた。

なのに、その最中にやって来た耕太の腕で無理矢理連れ出されて、結局俺は夜の神社の集会所で神楽の稽古を始めている。

「雷神は神楽の花形だからもっと威勢良く！　哲也さん、見てろよ」

これまた汗まみれの耕太が、俺が受け持つ振りつけを舞って見せる。外が真っ暗だから集会所のガラス戸が鏡代わりになって俺達の舞を映している。ときどき闇の向こうの県道を車が走り抜けて、そのライトが俺達の姿を見えなくさせる。

「これでまだほんの出だしだけ、この先がもっともっとあるんだぞ」

「そ、そんなに長いのかよ？」

「こないだビデオ見ただろ。風神と雷神の出番は一番多いんだから」

「ウッヘー！」

やっぱり無理だ。俺は気が遠くなって畳の上に大の字に倒れる。人家から遠く離れた神社の森は静まりかえって、裏を流れる川の水音だけが聞こえてくる。

「ちょっくら失礼するぜ！」

俺は汗でグッショリ濡れたTシャツを脱ぎ捨てる。どうせ俺と耕太の二人きり、遠慮なんか要らない。

「フーッ、クーラー欲しいよなぁ…」

俺は独《ひと》りごとを言いながら扇風機の風に裸の上半身をさらす。東京と比べたら朝晩はかなり涼しいけど、こうして全身を動かしていると全身から汗が噴き出して止まらない。

「…？」

妙な沈黙に気づいて、俺は耕太のほうを振り返る。俺の背中をジッと見ていたらしい耕太の鋭い目とぶつかる。慌てたように耕太が目線を外す。きっと左肩の後ろに入れたワンポイントの入れ墨を見ていたんだろう。ちょうど耕太くらいの歳の頃に若気《わかげ》の至りで入れた梵字《ぼんじ》のタトゥー。耕太からすれば驚きなんだろうか。

「哲也さん、ずいぶんイイ身体してるんだな」

耕太がモッサリとした口調で言う。

「そうか？　大学でレスリングやってたからかな…」

俺はとっさにとぼける。まさかついこの前までこの肉体が売り物だったとは言えない。健二郎さんのところに来ても、俺は長年の習慣で毎日の筋トレは欠かしていない。今となっては健二郎さん以外の誰に見せるわけでもないけど、せっかく造った身体を崩したくない。それだけだ。

「レスリングか…」

耕太は、今度は遠慮もなく俺の身体を露骨な視線で舐《な》めるように見つめる。

「さすがに鍛えてると違うな。腹筋がボコボコしてら。俺なんかほら、二十三なのにこんな腹になっちまった」

耕太もTシャツを脱いで見せる。骨太のガッシリした身体にうっすら脂肪がのり始めた、自然な男の肉体。他人の目を意識して必要以上に鍛え上げた都会のゲイ達の身体を見慣れている俺にはかえって新鮮だ。思わず手をのばしたくなるけど、相手は新婚の二十三歳だ。

「へへっ、幸せ太りじゃねえのか？」

俺はわき腹をつまんでからかってやる。張りのある肌の感触が指先に伝わって、俺の体の芯に電気が走る。

「俺も哲也さんみたいなマッチョになりてえなぁ」

そんな必要なんかないのに、耕太は俺の腹筋をゴツイ手で撫でながら言う。

「さてと、次は、えーと…、肩車するところだったよな」

これ以上触られてたらますます変な気分になるから、俺は立ち上がって練習を再開する。

「こうやって一回転して、そして…、こうやって耕太の下にもぐり込んで肩車で…」

立ち上がると、肩に乗せた耕太の股間が俺の首の後ろに当たる。耕太が不自然に腰を引くから担ぎづらい。俺が身体を揺らすと、熱を持った耕太の股間を感じる。それだけで俺の心臓がバクバク鳴る。筋肉が充実した耕太の太ももを掴《つか》んで慎重に足を運ぶ。だけど俺の意識は首の後ろ側に集中してしまう。「それ」はもう確実にその存在を確かにしている。

「どうした哲也さん、グラグラ揺れてるぞ。俺ってそんなに重いか?」

上のほうで耕太が言うけど、その声がかすれている。俺の身体も反応してしまわないか気になって仕方がない。足元がよけいにあやしくなる。

「ねえねえ、耕太!」

けたたましい声と一緒に、いきなりガラス戸を叩くように引いて若い女が走り込んでくる。俺が驚いてバランスを崩したから、耕太もろとも畳の上にひっくり返ってしまう。

「キャッ、危ないッ!」

女は飛び退きながら悲鳴を上げる。見ればショートカットの髪を茶色に染めて流行りの化粧をした、地方によくいそうな、早く言えば田舎者丸出しのネエちゃんだ。

「ちょっとォ、危ないじゃない！　耕太がケガしたらどうすんのヨ！」

高い声を裏返してわめきながら俺を睨みつける、アイラインとマスカラでタヌキみたいになったまん丸い目。

「美菜、危ないのはオマエだ！　いきなり入ってくるな！」

耕太が起きあがって怒鳴っても、女は知らん顔で耕太の手を握ってその場に座り込む。

ピンクのノースリーブシャツに白いミニスカート。顔さえ見なければ可愛らしい今どきの若い女だ。

「ねえねえ聞いてヨ」

「いま稽古中だからあとにしろ」

耕太が乱暴に手を振り払おうとすると、美菜という女はフンとむくれてみせる。

「いいもん、アタシ実家に帰るから！」

「何言ってんだヨ」

耕太もふくれっ面で言う。

「耕太が冷たくするならアタシ、もう帰ってこないから」

「おいオメエ、馬鹿なこと言うな！」

このタヌキ、いや、美菜って田舎娘が耕太の女房なのか。農村の嫁不足というのは聞いたことがあったけど、究極のアンバランスを目の前にして、俺の中から力が抜けていく。

「アタシ寂しいんだから！　耕太がいないと居場所がないんだから！　ねえ！」

耕太は困り果てた顔で俺のほうを見る。そんな顔をされても俺も困る。この田舎娘、そうとう甘やかされて育ったんだろうな。

「おい美菜、こちらが哲也さんだ」

耕太が俺を紹介すると、美菜がはじめて俺に向き直る。

「どうも、はじめまして」

ちょこんと頭を下げる仕草はまあ可愛くなくもない。

「どうも。耕太には世話になってます」

俺はとりあえず大人の挨拶をしてみせる。

「あー懐かしい！　東京の話し方だ！」

美菜が笑顔になって手を叩いて喜ぶ。

「あれ、美菜ちゃんは東京にいたことがあるの？」

俺が尋ねると美菜は大げさに首を横に振る。

「いたことがある、じゃなくて、アタシ生まれも育ちも東京なの」

「えっ?」

「実家は千住よ。上野のアメ横で耕太にナンパされて、それでこっちに来たの」

センジュという場所が東京なのか、俺には全然わからない。地下鉄の行き先でそんなのがあったような気もするが。とにかく美菜のことを田舎娘だと思いこんでいたのはとんだ思い違いだった。美菜にとってはアメ横で白馬の王子様に出会ったようなものだろう。かたや耕太にとって美菜は…。都会の駅前で待ちかまえる悪質キャッチセールス。たまたま空腹で飛び込んだ立ち食い蕎麦屋《そばや》。でもここでは王子様がヤンキー娘に跪《ひざまず》いてる。俺はほとほと耕太が可哀想になってくる。

「耕太、今夜はもう美菜ちゃんと帰ったほうがいいんじゃないか?」

「いや…、あ、はい。そ、そうですね。すいません哲也さん。この続きはまた明日で」

「えー、また明日もアタシ、一人っきりなのォ?」

俺はこの小娘を蹴飛ばしたくなる。

「明日からは毎日一時間って決めようぜ。それなら美菜ちゃんも待ってられるだろ?」

美菜は俺の顔を見てコクンとうなずく。

「ほら、哲也さんのほうがスマートに決めてくれるじゃないの!」

そう言いながら美菜が耕太の尻を叩く。俺は余計なことを言ってしまったと後悔する。

二人そろって帰りかけて、美菜が俺のほうを振り返る。

「ねえ哲也さん」

「なに？」

「洋子さんって、今夜も健二郎さんのところに来てるの？」

探るような目で俺を見る美菜。どうやら美菜も悪い噂を聞いているようだ。耕太が慌てた顔で美菜の背中をつつく。

「いや、飯は作っておいてくれたけど、俺が帰った時にはもういなかったよ」

「そっか。なーんだ」

「美菜ちゃん、洋子さんのこと知ってるの？」

「知ってるっていうか、この村じゃ有名人じゃん、あの人」

それを聞いた耕太は急に不機嫌そうな顔になって言う。

「馬鹿、お前はそんなこと聞いたり話したりするなヨ。まったく…」

「何怒ってんのヨォ？　お母さん達だって毎日噂話してるよ。情報仕入れておいてもいいじゃん」

「とにかく、もう帰るぞ」

耕太はそう言って美菜の背中を押す。俺も蛍光灯のスイッチを切って二人のあとに続く。

真っ暗な天井に、俺は耕太の姿を見ている。下帯一丁の裸体を晒した耕太は片手に風神の面を持った姿で俺を誘っている。男らしい太い眉と意志の強そうな目がまっすぐ俺のほうを向いている。仁王立ちになった四肢《しし》にはしなやかで逞しい筋肉が張りついて、力強い若さを示している。闇に浮かんだ耕太を抱こうと手を伸ばすと、耕太の熱い吐息と肌に浮かぶ汗の香りが俺を包む。耕太が俺の隣に立つ。幅の広い肩と分厚い胸が俺の目の前にある。甘い吐息が俺の顔にかかる。

もう我慢できなくて、俺は俺自身を鷲掴みにしてゆっくりと動かす。俺の全身が耕太を求めている。俺は耕太の前に跪いて、目の前に茂る叢《くさむら》に顔を埋める。ムッと香り立つ汗の匂いの中心に、逞しい雄《おす》自身がその力強さを誇示するようにそそり立っている。俺は自分を握る手に力を入れながらゆっくりと耕太を口に含む。低いうめき声をあげる耕太。俺の口の中で暴れる耕太の若さを必死で呑み込みながら、俺は夢中で自分を扱《しご》きたてる。俺の手の動きと耕太の腰の動きが一致して、俺達は同じ極みを目指して共同作業に没頭する。

「耕太、耕太…」

俺は思わず声に出して名前を呼ぶ。絶頂がすぐそこにある。俺は両手で自分を握り締めながら耕太の幻を追い続ける。頭の中で爆発する快感がペニスの先から一気に放出する。

「グッ…、あぁッ」

俺の体じゅうのエネルギーが凝縮して飛び散っていく。俺は何度も耕太の名前を呼びながら、快感に全身を痙攣《けいれん》させる。俺の隣にいる耕太の幻も、若さを放出しながら肉体を脈打たせている。

しばらくグッタリしていたその頭が起きあがって俺のほうを向くと、耕太の顔は美菜のタヌキのようなそれに入れ替わっている。

「なんだヨ、畜生ッ!」

俺は天井の明かりを点けて、放出した体液をティッシュで拭き取る。そうしながら、妄想の中でさえ邪魔をする美菜のことをほとんど本気で憎んでしまう。

もう夜も遅い。静まりかえった中で聞こえるのは蛙達《かえるたち》の鳴き声だけだ。俺は汗で濡れた全身を枕元のタオルで拭いて、頭から布団をかぶる。

第七章

鯵

Le Chinchard

滝のような雨が村を包んでいる。榛名山どころか庭に植えてある木の枝さえも見えにくいほどの豪雨だ。梅雨明けが近いのか、このところ大雨続きで仕事も延期だ。

俺は柄にもなく離れの窓にもたれて大粒の雨だれを眺めている。こうしているとまるでこの世に俺だけ、一人きりでいるような感覚に包まれる。ここがどこで、俺が何者で、なんのためにここにいるのか、そんなことがすべてどうでもいいように思えてくる。

考えてみたらこの村に来て以来、最初の一週間を除いてはほとんど毎日働きどおしだった。まさか俺がこうやって畑仕事をするようになるなんて思ってもいなかった。水商売も会社勤めも続かなかった俺なのに、どうしてだか畑に出ることが全然苦痛に感じない。俺は怠《なま》け者だったんじゃなくて、ただ自分に合った仕事に出会ってなかっただけかもしれない。

日当は安いけど金を使うこともほとんどないから、耕太が開いてくれた農協の口座にはけっこうな金額が貯まっている。もちろん健二郎さんから小遣いなんか貰ってない。

ここ最近、ときどき無性に東京が恋しくなる。でも東京に遊びに行ったとして何をするかと考えると、その恋しさが萎《しぼ》んでしまう。買い物、クラブ、その場限りのセックス…。東京ですることといったらそんな程度だろう。そのへんまで想像する頃には東京へ出かける気が完全に失せてしまう。

毎朝親父さんと将棋を指して、昼間は畑で働く。夜になると神社で耕太と二人きりの神楽の稽古。そしてときどき俺の離れでこっそりと健二郎さんとのひとときを楽しむ。この村でのそんな単調な生活を、考えてみれば俺はけっこう楽しみながら送っている。ほんの何カ月か前、欲望が渦巻く東京の真ん中で日々の暮らしに怯えていた自分がまるで別人みたいだ。耕太が羨ましがるような東京での生活を、俺はもう一生分過ごしてしまったんじゃないかと、たまに本気で考えたりする。

そんなことをぼんやり思っていると、遠くから車のエンジン音が聞こえてくる。間もなく白い軽自動車が近づいてきて門の前で停まる。見ているとドアが開いて、雨傘をさした人影が小走りにこっちへやってくる。洋子さんだ。

「おはよう」

俺が声をかけると、洋子さんは母屋の軒下で傘を閉じてこっちを振り返る。

「あら珍しいじゃない。さすがに今日はお休みなのね」

傘の滴《しずく》を振り落としながら笑顔を見せる。

「ああ。この雨だからね」

「たまには骨休めも必要よ。哲也君、ずいぶん働いてるから」

白い半袖のサマーニットを着て乱れた髪を直す仕草は、梅雨の鬱陶《うっとう》しさなんか関係ないように爽やかだ。

「健二郎さん、親父さんを連れて入浴サービスに行ってるよ」

「うん、聞いてる。だから午前中のうちに炊事だけやっちゃうわね」

大きなビニール袋を抱え上げると、洋子さんは慣れた足取りで勝手口へと回る。俺はちょっと迷ったけど、台所へ回って荷物を受け取ってやる。

「あ、ありがとう」

笑顔で俺に袋を渡して、そこに干してある雑巾で濡れた足許を拭く洋子さん。少し俯《うつむ》き加減の横顔に、俺はおもわず見入ってしまう。

「え？　どうかした？」

俺の目線に気づいた洋子さんが顔を上げる。

「えっ…、いや、なんでもないよ」

慌てる俺に軽く微笑んで、洋子さんはさっそく台所に立つ。エプロンを掛けて、買ってきたらしい食料品を冷蔵庫に入れ、根菜類をシンクで洗い始める。俺はほかにすることもないから、ダイニングの椅子に逆向きに座って、背もたれに顎を乗せる。その格好のまま野菜の皮を剥《む》く洋子さんの後ろ姿を眺める。

「いつも綺麗になってるから仕事がはかどるわ。哲也君が掃除するんでしょ」

背中を向けたまま洋子さんが言う。

「ああ。せめてそれくらいやらないとね。居候《いそうろう》としては」

「居候だなんて、言わないほうがいいわ」

洋子さんは俺のほうを振り返って笑う。どういう意味なのか量《はか》りかねて俺はあいまいな笑顔を作ってみせる。

「哲也君がくる前はね、そりゃあヒドかったんだから」

「ホントに?」

「そうよ、台所の掃除だけで一時間かかったわ」

「ふーん、まあ言われてみれば最初の掃除は大変だったな」

ガス台の大鍋が煮立って湯気を吹き始める。洋子さんはレンジフードのスイッチを入れる。湯気がどんどん吸い込まれていくのをぼんやり見ていると、洋子さんがまな板で野菜を刻みながら言う。

「健二郎と一緒に暮らして、幸せ?」

さりげない言い方だけど、俺はその言葉にうろたえる。

「幸せ、って…」

やっとそれだけ言ったけど、次の言葉が出てこない。鍋の蓋《ふた》がカタカタいう音だけが聞こえている。なんだか急に蒸し暑くなったようで、全身がジワッと汗ばむ。

「驚かせちゃったかしら」

洋子さんが俺のほうを振り向いて、悪戯《いたずら》っぽく笑う。

「私、全部知ってるの。健二郎のことも、健二郎と哲也君とのことも」

「それって…」

「ちょっと待ってね。いまこのお肉入れたらあとは煮込むだけだから」

鶏肉を大きくブツ切りにして煮立っている鍋に入れると、洋子さんは火を弱めて蓋をして俺のほうを向く。

「お茶がいい？　それとも冷たいものにする？」

「えっと、冷たいほうがいいかな」

二つのグラスに氷と麦茶を入れて、洋子さんもテーブルに座る。色白の首もとがうっすら汗ばんでいるのが見える。

「あの…」

俺は話の続きを聞きたいような、聞きたくないような気分で声をかける。洋子さんは冷たい麦茶をひと口飲んでグラスを置く。

「健二郎から相談されたのよ。どうしようか、って」

「相談って、何を?」

「遠距離でつき合ってる子、つまり哲也君ね、その子と一緒に暮らしたいんだけどって」

「はぁ…」

「だから私は言ってやったの。他人の目なんか気にしないで好きなようにしたほうがいいよ、って」

「ちょ、ちょっと待った。あのさ、洋子さんと健二郎さんって…」

俺が言いかけると、洋子さんの目が一瞬だけ険《けわ》しくなる。

「あーあ、哲也君までそんなこと言うんだから。近所の噂話、聞いてるんでしょ?」

否定しても仕方ないから、俺は黙ってうなずく。

「だから嫌だわ、この村って。他人の噂話しか娯楽がないみたい。私が子供の頃と変わってないんだから…」

ほとほと疲れたと言いたそうな顔で洋子さんはため息をつく。

「ゴメン…」

俺が謝ると洋子さんは首を横に振る。

「噂話をすることより噂になるようなことをするほうが悪いっていう村なんだから、仕方ないわよ」

この村だけじゃない。きっと日本中がそうなんだ。物事の本質なんて考えないで、見えることだけ取り上げてああだこうだと言いたがるのは。


洋子さんはしばらく黙って、それから俺の顔を見る。

「そうよね…。誰もきっと理解なんかできないと思うわ、私と健二郎のこと」

そう言うと洋子さんはアハハと笑う。声に出す分だけ、笑ってない目元が寂しい。

「同級生の幼馴染みなんだろ、二人は」

「そう。小学校から高校までずっと一緒だったわ。高校の時は三年間、毎朝一緒に自転車通学したんだから」

「へーえ…、仲が良かったんだな」

俺が言うと洋子さんも嬉しそうに言う。

「そう。高校でもさんざん冷やかされたわ。私達は気にしてなかったけど」

「じゃあ、カップルだったんだ」

「そう、かな。中学の終わり頃だったかしら。お互いを異性として意識し始めたの。私、一緒にいられるのが自慢だったわ」

「やっぱり健二郎さん、人気者だった？」

「当たり前よ。こんな田舎じゃすごく目立ってたのよ。成績優秀、スポーツ万能…」

「高校生の頃の健二郎さんも、格好良かったんだろうな」

「もちろん！　あの頃は群馬県内の高校生で知らない子がいないくらいだったわ」

洋子さんはまるで自分のことのように誇らしげに言う。

「陸上部でね、キャプテンだったの。健二郎が県大会に出る時は前橋の競技場が女の子で満員になったのよ」

少し大げさ過ぎだと思うけど、ありえない話じゃない。

「じゃ、美男美女のカップルだったわけか」

「あら。フフフッ…」

洋子さんは小さく笑って、そして深いため息をつく。何かを思い出しているような表情にこれ以上尋ねたらいけないと思って、俺は黙る。だけど洋子さんは言葉を続ける。

「なのに健二郎ったらいきなり言い出したの。俺はオカマだ、男が好きなんだ、って」

「そんなこと、突然?」

「そう、それも卒業式の直前よ。お互い卒業後の進路が決まって、これからどうしようかって話をしてたら、いきなりよ」

「そりゃ驚くよな…」

「最初は冗談だと思ったの。だから言ったわ。サヨナラするなら仕方ないけど、悪い冗談だけはやめて、って」

「そしたら？」

「冗談でそんなこと言うか、って怒ってたわ。本人は前から真剣に悩んでたみたい。クラスの男の子のことが頭から離れなかったんだって」

「へーえ、その子もイケてた？」

洋子さんは目の色を変えて首を大きく横に振る。

「ぜーんぜん！　野球部のキャッチャーで、ニキビだらけのジャガイモみたいなヤツよ。だから私、二重にショックだったわ」

洋子さんは苦笑いする。

「それまでは健二郎さんにそんな様子はなかったん？　女の勘みたいなので」

「あるわけないわ。だって私達は…」

一気に言いかけて、洋子さんは言葉を呑みこむ。男と女の関係だったんだろう。二十何年か前の高校生も、やることはやっていたということか。『百パーセントのホモなんかいないわ』と言った麻理奈さんのダミ声を思い出す。

「それで、二人はそれっきり?」

俺が尋ねると、洋子さんは少し黙る。そうして大きくうなずく。

「卒業して、健二郎は東京の大学、私は埼玉の看護学校。そのあと私は横浜の大学病院に勤めたから、お互い連絡することも一度もなくて」

洋子さんは立ち上がって煮物の様子を見に行く。鍋をゆすってから火を止めると、今度は別の鍋を持ち出す。

「哲也君、鯵《あじ》の南蛮《なんばん》漬《づ》け食べられる?」

「ああ、好きだよ」

「こんな陽気だから日持ちのいいもの作っておかなきゃね」

そう言いながら洋子さんは冷蔵庫から鯵のパックを取り出す。

「なのに、不思議なものよね」

まな板の上で鯵をさばきながら呟く。

「二十年以上経って、お互いの親が病気で動けなくなったおかげでまたこの村で暮らすようになるなんて」

「まだ、好きなんだろ?」

俺が言うと、洋子さんの背中が一瞬だけこわばる。

「まさか。そんな単純な話じゃないわ」

洋子さんは包丁を持ったまま俺のほうに振り向く。俺は一瞬、その包丁で刺されるような気がして身体を硬くする。でも洋子さんはその腕をだらんと落として力なく笑う。

「私はもうあの頃の私じゃない。職場結婚したけどうまくいかなくて離婚したり。こう見えても人生の波に揉まれてきたんだから」

「逞しくなったってこと?」

「さあ、どうかしらね。とにかくもう健二郎に恋愛感情はないの。ただ幼馴染みで、お互い寝たきりの親を抱えてる、同志みたいな感じかしら」

洋子さんはまた俺に背を向けて包丁を使い始める。俺はほっと息をつく。

「同志、か…」

「私がこっちの家にくるのと同じくらい、健二郎もウチに来てくれてるのよ」

「へーえ、知らなかったな。たまに出かけるのは洋子さんのところなんだ」

「ええ。私の手に負えない力仕事がある時とか、ちょくちょく顔を出してくれるの」

「そうか…」

「そうよ。なのに近所の人達ったら、昔のことを持ち出して『焼けぼっくいに火がついた』なんて噂するんだもん」

「へへッ、みんな暇だから仕方ないよ」

「寝たきりの病人を世話するのがどんなに大変か知らないのよ。色恋なんて言ってられないわ、ホントに」

たしかに健二郎さんを見てればどのくらい大変なのかがわかる。洋子さんは看護師の仕事をしながら同じことをしているのだから、なおさらだろう。

「だから」

洋子さんが熱した油の中に鰺を入れたから、ジュッと大きな音が響く。

「健二郎からあなたのことを相談された時、私、一緒に住んじゃいなさいって言ったの」

「……」

油の中で鰺が泳ぐ音がカラカラと騒々《そうぞう》しい。

「この村にいる限り、どうせ何をしたって噂の種にされるんだもん。気にしてたらそれで人生終わっちゃうわ。親の介護ってゴールが見えないんだから、それくらい腹をくくらなきゃ」

洋子さんは菜箸《さいばし》で油の中をかき混ぜながら独《ひと》り言《ごと》みたいにつぶやく。

「でも…、でもさ、洋子さんは本当にそれで良かったん?」

箸を動かす手が一瞬止まって、それから洋子さんがゆっくり俺のほうを振り向く。

「哲也君は女の心がわかってないわ」

「そ、そうかな…」

洋子さんの険しい目つきに、俺はちょっと怯《ひる》む。まあ言われてみればまともに女とつき合ったことなんか一度もないから仕方ないか。そんな俺の顔を見て洋子さんの目が笑う。

「女ってけっこう計算高いのよ。届かないってわかってるものには手を出さないわ」

浅い丼に作った漬けダレの中にこんがり揚がった鯵が次々と放り込まれる。そのたびにジュッと音がしていい香りがしてくる。手際の良さに見入っている俺に、洋子さんはアツアツの鯵を一匹、タレに入れずに皿に載せて差し出す。

「お塩振って食べてみて。揚げたてが一番美味しいんだから」

小ぶりのアジは骨まで火が通って、パリパリと香ばしい。うなずきなら食べてる俺のテーブルに、洋子さんも座ってグラスに麦茶を注ぐ。

「でもね」

「ん？」

洋子さんは言葉を切って俺の顔をジッと見つめる。俺はなんだか居心地が悪くて、口をモゴモゴ動かしながら目線を窓のほうに向ける。

「哲也君がこの家に来た日、私、なんだかすごくショックで、自分の家に逃げ帰ったの」

「ショック？」

「うん。気を悪くしないでね」

「平気だよ。そう言えば、健二郎さんが一緒に昼飯食べようって言ったのにサッサと帰っちゃったよな」

俺はあの日のことを思い出す。家で母親が待っているとぎこちなく笑って煮物の小鉢を抱えて勝手口から出て行ったたっけ。

「何がショックだったん？　俺がこんなこと尋ねていいのかわからないけど」

俺の言葉に洋子さんはかすかに笑う。この人はいろんな笑顔をする。悲しい笑顔、怒りの笑顔、憎しみの笑顔…。何があっても笑っているっていうのは、見ていて辛くもある。

「私ね、健二郎以外のそういう人って、初めて見たの」

「え？　ホントに？」

洋子さんは俺を見てうなずく。

「もちろん、テレビに出て女言葉で騒いでるような人達は別よ。自分と同じ地面の上で生きてるそういう男の人って、哲也君が初めてだったの」

「ふーん、それがショックだったんだ…」

俺はなんとなくへこむ。

「誤解しないでね。哲也君が変だったんじゃないの。逆なの。あまりにも普通だったから、私、少し混乱したんだと思う」

「普通、か…」

「健二郎に告白されて、それきり会わなくなって、あの人は私の知らない、霧に包まれた世界に行っちゃったと思ってて、」

洋子さんは麦茶をゴクリと飲む。

「私には縁もない世界であの人が何をしてても知ったことじゃない、それはそれでいいと思ってた」

洋子さんは自分にそう言い聞かせてきたんだろう。

「だけど、その知らない世界から哲也君がやって来て、急に現実的っていうか、身近で生々しく感じちゃったの」

そんなもんかと俺は思う。俺がその知らない世界でどんな生活をしていたかを話したら、この人はどんなふうに笑ってみせるんだろう。ちょっと残酷な想像をしながら、もちろん俺は黙って聞いているだけだ。

「だから、あのあとしばらくこなかったのか」

「そう。哲也君が健二郎の相手だと思って会うと、自分の中で抑えてた気持ちが揺れちゃって…」

それはそうかもしれない。健二郎さんと俺が抱き合う姿を想像するのは、洋子さんにとっては気分がいいものじゃないだろう。

「でね、しばらく時間が経って、私もやっと面と向かって話ができるようになったわ。恥ずかしい話だけど」

そこでふと言葉が切れる。外ではまた強い雨音がしている。換気扇の音だけが閉めきったキッチンに響いている。俺は麦茶を飲み干して洋子さんの顔を見る。何かをぼんやり考えている顔。

「そうやってさ、」

「え?」

我に返ったように洋子さんがこっちを向く。

「いつまでこの村で暮らしていくつもりなん?」

「いつまで、って…」

不意を突かれたような顔で洋子さんが俺を見る。そして困ったような顔をして黙る。

「ゴメン、変なこと尋ねちゃって。俺さ、同じことを健二郎さんにも訊きたくてしかたないんだよね」

親の介護っていうのは残酷なものだと、健二郎さんを見ていて思う。長生きを願う気持ちと、いつまで続くのか先が見えない絶望と。その狭間《はざま》でもがきながら健二郎さんも洋子さんも生きている。

「そうねえ、私はずっとこの村で生きていくと思うわ、きっと」

「お母さんが生きてる限り?」

「母がいなくなっても私はここに住むと思う。環境もいいし、やっぱり自分が生まれ育った場所だし」

「兄弟とかはいないの?」

「うちは兄が二人いるけど、一人は東京、もう一人は和歌山で家庭を持ってるから戻ってはこないわ」

健二郎さんの兄弟と似たようなものだ。どうして親の世話って、最後は一人者の子供の役目になるんだろうか。

「いつかは…」

「え？」

顔をあげる洋子さんに俺は言っていいのか迷いながら言葉を続ける。

「健二郎さんだってずっとこの村にいるわけじゃないと思うんだ。いつまでかはわからないけど」

俺は自分が馬鹿なことを言っているとほとほと呆れる。洋子さんはそんな俺にまた笑顔を向ける。

「そうしたら一人でのんびり暮らせるじゃない。もう変な噂も立たないだろうし」

やせ我慢でもない様子でさらっと言う洋子さん。まだこんなに若くて綺麗なのに、こんな田舎で残りの人生を過ごそうっていうのか。たとえ健二郎さんがいなくなっても、きっとこの村の人達は洋子さんを噂の種にし続けるだろう。俺はそう思う。

「どうして…」

理由を聞きたい俺の言葉を洋子さんが遮る。

「哲也君だって、あと十年もして親御さんが歳とったらわかるわ」

そうなんだろうか。俺は考える。兄貴は県庁勤めで地元にいる。親の家とは別だけど、親の老後は兄貴が看るんだと俺は勝手に思っている。でもそんな話は一度もしたことがない。もしかしたら、今の俺は十年前の健二郎さんと同じなのかもしれない。ただ、俺のほうが圧倒的にできが悪いということ以外は。

雨音の中にエンジン音が聞こえる。

「あら、帰って来たみたい」

「そうだね」

俺と洋子さんは同時に立ち上がる。

「俺、傘持って表に行くから」

「じゃ、私はタオルの準備しておくわ」

玄関にむかいかける俺の背中に声がかかる。

「ねえ哲也君」

「なに？」

「今日の話、二人きりの秘密にしておいてね、お願い」

俺は心配そうな顔をした洋子さんにウインクして見せてやる。

第八章

闇夜

Nuit noire

日が沈むのを待っていたように、森からヒグラシの鳴き声が聞こえてくる。夏の終わりを知らせるセミだと、ついこの間将棋をしながら親父さんから教わったばかりだ。このあたりは盆地に似た地形だから昼間はやたらと暑いけど、夕方になると急に涼しくなる。俺は一人で晩飯を食って、部屋でテレビを見ている。

八月の真ん中。盆休みの村は活動がすべて止まっている。耕太との神楽の練習も休みだ。ヤツは帰省してきた同級生達と飲み会だと言っていた。ふだんは年寄りばかりの閑散とした村も、都会から里帰りしてきた連中でなんとなく賑わっている。農作業も休みなのか、それとも手が足りているせいか、ここしばらくはバイトの予定もない。

こんな手持ち無沙汰な時には東京のことを思い出す。あの雑踏がなんとなく懐かしい。新宿二丁目は今頃ごった返しているんだろうか。俺が働いていた頃、この時期はある意味書き入れ時だった。旅行だとか帰省だとかで足が遠のく常連に代わって、地方から夏休みでやってくる連中で店が一杯になった。普段自分を押し殺して生活している反動なのか、奴らは弾けたように朝まで飲んで歌っていたっけ。

身体を売っていた時も同じだ。慣れない様子でおっかなびっくり俺を買った連中は、二人きりになると欲求を爆発させた。奴らのねちっこさに身体が壊れるかと思うことさえ何度もあった。でも自分が田舎で暮らしてみて、やっとあの連中の気持ちがわかるような気がする。出会いの機会もなくて、親戚だの近所の目だののネットワークが張り巡らされた小さな社会。その中で生きていくゲイがどんなに抑圧されているか、俺も今、身をもって体験している。

もちろん俺には健二郎さんがいるし、この家に洋子さんが出入りするおかげで俺と健二郎さんの関係を疑われることもない。男同士の世界も裏の裏まで見てしまったから、今さら特別な魅力は感じない。だけどこんな村で親と一緒に住むことを想像すると、とても無理だと思ってしまう。

そう言えば広島の親父とお袋はどうしているだろうか。今年も帰らない俺にはとっくに愛想を尽かしているのだろうか。すっかり暗くなっても、ヒグラシの鳴き声はまるでシャワーのように響き続けている。

母屋からはずっと話し声が聞こえている。健二郎さんのお兄さんが千葉から、お姉さんが横浜から帰ってきている。もう子供達は親と一緒に行動する歳ではないらしく、それぞれの連れ合いも来ていないから、親子四人の水入らずというわけだ。

帰って来た時、二人とも俺を見るとあからさまに嫌な顔をした。それどころかお兄さんは俺が挨拶してもチラッとこっちを見ただけで完全に無視した。その目は親父さんが最初に俺を見た時と同じだった。敵意に満ちた目。お前の正体はわかっているぞと言わんばかりの……。

離れでじっと聞いていると、話し声は母屋のダイニングのほうから聞こえてくる。俺は暗い庭を回ってそっと親父さんの部屋に行ってみる。案の定、ベッドの上で親父さんが一人きりで寝かされている。

「親父さん、寝てるか？」

俺が網戸の外から声をかけると、親父さんは頭を少し起こして返事する。

「い…、いや…」

俺はそっと網戸を開けて座敷に入る。

「晩飯は食ったか」

黙って頷く親父さん。

「せっかく帰って来たんだからここでみんなで話せばいいのにヨ…」

俺が小声で文句を言っても、親父さんはただ黙って天井を見ている。

「なあ親父さん、夜だけど、将棋指すか？」

俺の言葉に、親父さんは小さく首を縦に動かす。いつものように無言のまま、俺と親父さんは四角い板の上で駒を動かし始める。

こうして俺と親父さんが将棋をするようになって三カ月以上になる。最近は初めの頃よりも喜怒哀楽がはっきり顔に出るようになった。親父さんの笑顔が意外なくらい柔らかいことに、俺は最近気づいた。健二郎さんから聞いた話だと、デイケアセンターでも職員に冗談を言ったりお茶を飲むようになって、その変わりようにセンターのスタッフが驚いているそうだ。

静まり返った夜の静けさの中、ダイニングにいる三人の声が手に取るように聞こえてくる。


「健二郎、お前はどこまで恥知らずなんだ！」

「兄さん、なんのことだよ」

「とぼけるな」

「あの野良犬みたいな男でしょ、兄さん？」

「ああ。あんな男を、俺が建てたこの家に連れ込みやがって」

「違うよ。哲也は俺の教え子だよ。農村の勉強のために…」

「見えすいた嘘をつくな。東京ならいざ知らず、この村に帰って来てまで男と…」

「本当よォ。恥ずかしいわ」

下を向いている俺を、親父さんが見ている気配がする。俺は知らぬふりをして黙って駒を動かし続ける。

「お前は、親父やお袋をどれだけ悲しませて心配かけたか忘れたのか」

「…忘れてないさ」

「アンタが黙って戸籍抜いたのがわかった時、お母さんは三日三晩泣いてたのよ」

「あの時は…。とにかく逃げたかったんだ。周り中のすべてから」

「何を勝手なこと言ってるのよ」

「四十過ぎた独り者の男が、よく恥ずかしくもなく生きてられるな。しかもこの村で」

「そんな…」

「自分が異常だって、まだわからないの?」

「俺は、俺は異常じゃないよ。そもそも人間にはさ…」

「もういい。お前の理屈は聞き飽きた。言いわけを覚えるために大学に行ったのか、お前は」

「誰がなんと言おうと、哲也がいてくれるから俺もどうにかやっていられるんだ。俺一人だったらとても…」

「フンッ、何を馬鹿なことを」

吐き捨てるようにお兄さんが言う。それきり誰の声も聞こえなくなる。俺はもう将棋どころじゃなくなって、ただ悔しさを必死で堪《こら》える。


「ところで健二郎、さっき山下の家で聞いたんだけど…」

お姉さんが声をひそめて言う。

「洋子がここに出入りしてるって本当?」

「なんだとッ」

お兄さんが驚いたような声をあげる。

「ああ、時間があると料理なんかをしに来てくれてる。でも、それがどうかした?」

健二郎さんの声をかき消すようにお姉さんが叫ぶ。

「ダメ!　そんなことしちゃダメよ!」

「どうしたんだよ姉さん、急に」

「とにかくそんなことしないで!　もうこの家に入れちゃダメだから」

お姉さんは完全に取り乱している。

「洋子とつき合ってたのは高校生の時までだぞ。もうお互い大人だし、あいつは俺のこと全部知ってる仲だし」

「そういう問題じゃないの！　あのね健二郎、洋子はね…」

「初恵、やめろ！」

お兄さんが強い声でお姉さんを制する。しばらくの沈黙。お兄さんが溜め息まじりに言う。

「健二郎、まったくお前って奴は…。この家の恥を一人で晒しやがって」

「恥って…。高校生の時につき合ってたことが恥だっていうのか？　そんな、子供の恋愛じゃないか」

「フンッ、子供の恋愛か…」

嘲《あざけ》るようなお兄さんの声。そして長い長い沈黙。

「なあ健二郎、そもそもお前がここに帰って来た本当の目的はわかってるんだぞ」

「兄さん、それどういう意味だよ」

「お前、寝たきりになった親父に取り入ろうって魂胆《こんたん》なんだろ？」

「取り入るだなんてそんな…。俺はただ心配かけた親父の面倒を見たいだけだよ」

「何を言ってるの。アンタ、母さんの時には近寄りもしなかったのに！」

お姉さんの声は甲高い。

「あの時は親父が元気だったろ。兄さんも、姉さんだって、お袋が死んでから駆けつけたじゃないか」

「あのね、アタシ達にはアンタと違って家庭ってものがあるの。子供達もいるし。そう簡単には行き来できないのよ」

「そりゃそうだろうけど…」

「まったく健二郎は独り者だからって好き勝手ばかりして」

「俺にだって仕事があるさ…」

「だったら今さら仕事を辞めてまで帰ってこなけりゃよかったじゃないか。お前になんか何も頼んでないぞ。高崎には特養ホームだってあるんだ」

「そうよ。今からでもお父さん、そこに入れちゃってもいいのよ」

「兄さんも姉さんも酷《ひど》いよ。知らないだろうけど、親父はデイケアに預けたら飯も食わないんだぞ。ホームなんかに入れたら…」

「それは健二郎、お前が甘やかすからだ。年寄りのワガママにいちいちつき合って、それで苦労ヅラされちゃたまらんな」

「お父さんだって、アンタなんかに世話されてもありがた迷惑でしょうよ、きっと」

「兄さん、姉さん…」

消え入りそうな健二郎さんの声。俺はそっと親父さんの顔を盗み見る。相変わらずの無表情で淡々と駒を並べ直している。

またお兄さんの声が聞こえてくる。

「まったく親父もお袋も、俺が家を建ててやったのに厄介ばかりかけてくれるな」

「兄さん、あんな狭い離れに二人で押し込められたら誰だって具合悪くなるさ。母屋はこんなに広いのに」

「こっちだって女房子供がいるんだ。年寄りのことばかり考えてられるか。とにかく、あの薄汚い男は明日にでも追い出せ。ここは俺が建てた家だ！」

「それは無理だよ」

落ち着き払った健二郎さんの声。

「無理だと？　お前がやらないなら俺が放り出すぞ！」

「あいつは秋の祭りで神楽を舞うんだ。雷神の役で」

「あの男が、雷神を？」

「ああ。青年会で決まったんだ。だから奴は村を離れられない」

さすがのお兄さんも言葉に詰まったようだ。ここで俺を追い出したら今度はお兄さんがあれこれ言われるに決まっている。

「哲也は毎晩一生懸命になって耕太と練習してるよ」

「耕太だと?」

「なによ、風神は耕太がやるの?」

「ああ。そもそもウチに遊びに来てその話を思いついたのは耕太なんだから」

「おい、耕太もこの家に出入りしてるのか?」

「ちょっと健二郎…」

お兄さんとお姉さんはこの家に他人が出入りすることがよほど嫌いらしい。俺のことは別として、良くも悪くも集落全体がひとつの家族みたいなものなのにいったいどういう兄姉なんだろう。

しばらくの間、家中がシンと静まりかえる。

「じゃあ…」

ため息まじりのお姉さんの声。

「父さんが生きてる間は好きにしたらいいわ。でも遺産は渡さないわよ。アンタは勘当されたんだから」

「遺産だなんて…。そんなもの、俺は最初からあてにしてないよ」

「健二郎、家の財産というのはな、代々受け継いでいくものだ。お前は結婚もしない、子供もいない。だから受け取る資格がないんだ」

「だから、そんなこと考えてもいないって言ってるだろ！」

「それなら結構。それから、家はキレイに住んでよね。アンタ達がいなくなったらアタシ、家族でここに移り住むから」

「待てよ初恵。これは俺が建てた家だぞ」

「なによ偉そうに。名義は兄さんでもお金はお父さんが出したんじゃない。アタシが知らないとでも思ってるの？」

二人が声を荒げて言い争う。

「俺はな、定年になったらここを改造して温泉ペンションを開くんだ。ウチの奴もその気で料理学校に通い始めてる」

「兄さん、千葉でマンション買うんじゃなかったの？　もうこの村には戻らないって、去年アタシ達に言ったじゃない」

俺はもう聞いていられない。気がつけば親父さんの手が止まっている。

「兄さん、姉さん！　親父は少しずつ回復してるんだぞ！　どうして遺産だの家の改造だの、そんな話をしなきゃならないんだよ！」

健二郎さんの怒気を含んだ声が響いて、それきりみんな沈黙する。

バラバラバラッ、という音で我に返ると、親父さんの手が将棋盤の上で震えている。親父さんは俺の目を見てしぼり出すような声で小さくつぶやく。

「ワシは…、ま、間違ってたんかのぅ…」

「な、何がだよ」

「け、健二郎には…、あんなに、酷いことを言ってしまった、のに…」

「…」

仰向けになって天井を見上げる親父さんの目尻の深い皺には涙が光っている。

「親父さんは…、間違ってなんかいないさ」

俺は床に散らばった駒を集めて、桐箱にしまう。

「さあ、もう遅いから寝ようや」

ベッドを平らに直してタオルケットをかける。親父さんは瞳の中に深い寂しさを宿したまま目を閉じる。俺は部屋の明かりを消してそっと部屋から庭へ出る。

離れに戻ると美菜が勝手に入りこんでテレビを見ている。

「美菜ちゃん、どうしたんだ」

「フフッ、哲也さんが退屈してるんじゃないかと思って」

タヌキメイクの美菜が声をひそめて笑う。

「耕太は飲み会だったよな?」

尋ねると美菜は横座りのまま不満そうに大きく頷いて見せる。ノースリーブのブラウスから見える太い腕が暑苦しい。

「ウチは耕太だけ、一人っ子でしょ? お盆でも誰も帰ってこないし。耕太がいないと息が詰まりそうなのォ」

「そうか…」

「部屋で一人じゃつまんないから、哲也さんの顔を見に来てみたんだ」

俺は美菜の顔を見る。美菜はまた意味ありげな笑顔をしてみせる。若いとはいっても短すぎるスカート。そこから伸びる太ももには蚊に食われた跡がいくつもある。

「今夜はアタシ…」

「え?」

「哲也さんのところに泊まっちゃおうかな」

屈託なく笑う美菜。

「どうせ耕太は朝まで飲んでるだろうから」

「美菜ちゃん、冗談でもそんなこと言っちゃダメだ」

俺が強く言っても、美菜は素足を俺の脛《すね》に絡めてくる。

「哲也さんだって、田舎で淋しいでしょ？」

「べつに俺は…」

汗ばんだ美菜の足が気色悪くて、俺は反射的に足を組み直す。

「アタシ、哲也さんみたいな人が好き！」

「し、新婚のくせに何言ってるんだよ」

「ダメよやっぱり、田舎者は…」

鼻の頭に皺を寄せて美菜が吐き捨てるように言う。俺は黙る。

「あか抜けないし、話も退屈だし。そもそもさぁ、ココって何もないじゃん？」

耕太のような男と結婚しておいて、何を馬鹿なことを言っているんだ。身の程知らずという言葉を俺は思い出す。

「ねえ哲也さん、アタシといいことしよッ！　そうして二人でココから逃げようヨ！」

美菜が俺の身体に体当たりしてくるから、二人の身体が重なって倒れる。柑橘系の香水の匂いと女の体臭が混ざって胸を悪くさせる。俺は我慢の限界を超えて美菜を突き飛ばす。

「いい加減にしろ！」

美菜がキョトンとした顔で俺を見る。

「美菜ちゃんは耕太の奥さんなんだぞ。自分が何をしてるか、わかってるのか」

美菜は起き直ってフンとふくれて見せる。こんな顔をするのは癖なのか、それとも幼稚な作戦なんだろうか。場末の新米ホステスだってこの女の安芝居には呆れるだろう。アメ横を歩いている田舎のニイちゃんには通じても、この俺にはなんの意味もない。

「わかってるけどさァ…」

不満そうにアゴを上げて話すから、大きい鼻の穴が丸見えだ。

「いいじゃん、べつに。バレなければ」

この小娘を育てた親の顔を、俺は本気で見てみたいと思う。

「俺はな、この村に遊びに来てるんじゃないんだ。村の人とも、耕太とも、ずっと仲良くしていきたい。だから、馬鹿な真似はやめてくれ！」

母屋に聞こえないように、それでもかなり大きい声で怒鳴りつける。美菜はやっと諦めたのか、そのへんに散らかした持ち物を拾い始める。

「あーあ、つまんないの」

そう言い捨てて、美菜はサンダルを履く。庭に出た美菜は網戸の外から俺に言う。

「ねえ、いいこと教えてあげようか」

「はあ？　なんだよ」

「フフッ、教えてあーげないッ」

意味ありげな、それでいて俺を見下すような底意地の悪い笑顔を残して、美菜は闇の中へふらふら消えていく。


ＣＤラジカセのボリュームを最高にする。旧盆の深夜だ。誰もいない。神社の集会所で独りきり、俺はガラス戸に映る自分を見ながらただひたすら舞い続ける。大音響の囃子も、鬱蒼《うっそう》とした木立の闇に吸い込まれていく。無性に腹立たしくて眠れなくて、俺はこんな時間なのにひとり神社までやってきた。

「どいつもこいつも、勝手なこと言いやがって……！」

思い出すほどに不愉快さが蘇ってくる。家族なんて、兄弟なんて、夫婦なんて、あんな程度のものなのか。俺はただ煮えたぎるような感情に任せて身体を動かす。

人間のいちばん醜い部分を見てしまったせいか、突き抜けるような怒りで頭が冴えわたっている。なかなか覚えられなかったはずの振りつけを、今夜は身体が勝手に舞っている。最後まで舞ってはまだ最初から、何度も何度も繰り返す。

全身から汗が噴き出してくる。Tシャツを脱ぎ捨てて裸になる。俺はやりきれない気持ちを汗と一緒に絞り出したくて、身体を限界まで動かし続ける。

何度目かが終わった時、ふいに俺の後ろで拍手が鳴る。

「すげえよ、哲也さん、完璧だよ！」

いつの間にか耕太が立っている。

「明かりが点いてるから寄ってみたんだ。すげえ迫力あったなぁ。いつの間にそんな上達したんだ？」

肩で息をする俺に近寄って、そして抱きついてくる耕太。飲んだ帰りなのか、息が酒臭い。俺はその身体を抱き止める。

「これでもう俺達、一緒に踊れるな。最初から通してやってみるぞ！」

俺はさっきの美菜のことを思い出す。無邪気な耕太が可哀想になってくる。

耕太がスイッチを押す。また囃子が流れてくる。耕太も着ていたシャツを脱ぎ捨てる。色白の肌が酒でほんのり朱色になっている。俺達は一糸乱れぬ調子で舞う。男二人、裸の身体をぶつけ合い、飛び跳ね、まるで何かに取り憑かれたように舞い狂う。耕太の汗に酒の匂いが混じって、それが俺まで酔わせる。頭の中には何もない。振りつけとか順番とか、そんなものは消えてなくなっている。ただ身体に染みついた本能のままに、二人で身体を動かすだけだ。

俺は耕太を担ぎ上げようとして畳の上で足を滑らせてひっくり返る。耕太が俺の身体の上に倒れ込む。汗で濡れた俺達の熱い身体が重なる。俺の胸の上に、耕太の激しい呼吸がじかに伝わってくる。俺達は一言もしゃべらないで、ただそのままじっと相手の鼓動を聞いている。

俺はゆっくりと耕太の背中に両腕を回して、ギュッと抱き締める。俺の耳に耕太の熱い息がかかる。

「耕太、気持ちいいぞ…」

「あ、ああ…」

俺達はそのまま動かない。いや、動けない。囃子の音だけがやけにうるさい。

俺は耕太を跳ね退けて立ち上がると、ラジカセを止めて、ついでに部屋の明かりを消す。そしてまた、うつ伏せている耕太の身体に覆いかぶさる。

「燃えてるみたいだぜ、お前の身体…」

「哲也さんだって。ほら、心臓がドクドクいってるのがわかるぞ」

闇の中で重なり合ったまま、俺達は互いの肌を通して相手の鼓動を聞く。

「いいのか?」

「ここまでやって、生殺ししないでくれヨ」

耕太が切なげに言う。酔っているせいか、話し方がいつもより少し幼い。熱い汗がツッと流れ落ちるのがわかる。俺はそれを舌で舐め取る。かすかに塩辛い、耕太の味だ。

集会所の座敷には蒼《あお》い月明かりが射し込んで、耕太の背中を照らす。俺は耕太の着ているものをゆっくり脱がせる。耕太は俺のするがままに任せている。

「いいケツしてるな、耕太」

「や…、やめてくれよ…」

形のいい耕太の尻を撫でると、耕太は本当に恥ずかしそうに顔を自分の両腕に埋める。

俺はその姿を見下ろしながら自分も裸になって、耕太の背中に重なる。熱い俺自身が尻の谷間に触れた瞬間、耕太の全身がビクンと震える。

俺は耕太を思いきり抱きしめて身体をピッタリくっつける。そうして舌先を汗ばんだ首筋に這わせる。

「ウッ…、ウウ…」

初めて男と肌を重ねて、男の腕に抱かれている耕太。どんな気分なんだろうか。俺は耕太の首筋から背中、そして尻たぶまで、じっくり味わいながら愛撫する。そのたびに耕太の口から悲鳴のような声が漏れる。

「よし、今度は仰向けだ！」

「ちょ、ちょっと待った！　見ないでくれヨ！」

ジタバタ暴れる耕太を強引にひっくり返すと、その両腕を取って頭の上でしっかり押さえつける。太い腕と肩。俺の理性を黙らせる、若い獣の匂いがする。

俺は耕太の目を覗き込む。月明かりに照らされた耕太の目は、少しの怯えと満々の好奇心でギラギラ光っている。

「耕太…」

俺はその唇に自分のを重ねる。耕太は嫌がる様子もなく、俺の口に吸いついてくる。

「可愛い奴…」

俺は夢中でその唇をむさぼる。舌を絡め、吸い、それを何度も繰り返す。

「哲也さん…、気持ちイイよ」

耕太は子供のような顔で俺を見上げている。その無垢な表情が俺の理性を完全に停止させる。この男を俺のものにしたい。この若者とひとつになりたい。今は本能だけが俺を動かしている。

耕太を口に含むと、それだけで耕太は身体を震わせて反応する。ゆっくりと時間をかけて、耕太の身体の隅々まで舌を這わせる。耕太は俺のひとつひとつの動きにも声をあげて応える。

俺はゆっくりと耕太の両足を抱え上げる。二人がひとつになる行為。それが今はとても崇高なことのように思える。

「耕太、いいんだな…」

「…ああ。哲也さん」

耕太が俺の顔を見てうなずく。俺はその目を見つめたままゆっくりと耕太を貫いていく。


嵐のような大波に、俺達はどれだけ揺られ続けていただろう。何度も絶頂を迎えて、それでも飽きることなく互いを貪り合い続けた。

耕太の中に入ったまま、俺は耕太の身体を抱えている。大嵐の余韻が、まだ火照《ほて》った身体に残っている。耕太は目を閉じて俺に身体を預けている。月明かりに照らされた畳の上で、俺達はただじっと動かない。風に揺れる森の音だけが聞こえる。夜風は俺達の身体を少しずつ冷ましていく。

「耕太…。悪いことしちまったな…」

俺は耕太を抱き寄せる。

「そんなこと言わないでくれよ、哲也さん」

耕太が俺に回した腕に力を入れる。

「俺、中学の頃からずっと思ってたんだ。何か変だな、って。結婚してからも、ずっと」

「…」

「美菜とやってもあんまり気持ちよくないんだ。きっとアイツも満足してないと思う…」

俺はさっきの美菜の顔を思い出す。

「でヨ、初めて哲也さんの顔見た時、俺思ったんだ。この人が好きだって」

「俺をか?」

「ああ。女も嫌いじゃないんだけどさ、なんか足りないんだよな…」

「耕太…」

「俺、哲也さんに会えて幸せだ…」

呟く耕太が無性に可愛く思える。

「俺、好きだ。哲也さんが好きだ!」

耕太の叫ぶような声で俺は現実に戻る。なんてことをしてしまったんだ。何も知らない新婚の耕太を、成り行きとはいえ抱いてしまった。俺には健二郎さんという大切な存在がいるのに。自分のだらしなさを責める俺と、それでもなお、耕太を愛おしいと思う俺が身体の中で暴れている。

俺はどうにもならなくて、ガラス戸を開けて外へ飛び出す。裸のまま走って、神社の裏を流れる川に飛び込む。深いところでも腰あたりの深さしかないこの川。夏とはいっても山から流れてくる水は身を切るように冷たい。俺はその水に何度も頭から潜る。俺の中で燃える感情を消し去りたくて、水の中で暴れる。

「耕太…」

そんな俺を力強い腕が後ろから抱きかかえる。

「哲也さん…」

耕太が俺の背中に顔をくっつけて言う。

「ありがとう。スゲエ気持ちよかった」

俺は振り返って耕太を抱き締める。身体のどこからか力が抜けていく。もう後戻りできない。俺はこの男が好きだ。大好きだ。ただそれだけだ。

俺達は抱き合ったまま水の中に倒れ込む。流れの中でふざけ合って、頭から水を掛け合い、じゃれ合い、そしてまた抱き締め合う。

どのくらいそうしていただろう。俺はやっと正気に戻って耕太から身体を離す。

「へへッ、なんだか恥ずかしいな」

照れ隠しに笑ってみせると、耕太も小さく笑う。闇の中に白い歯だけが見える。俺は頭からザブンと水につかって、まだ残る欲望を冷ます。

「さあ耕太、今夜はもう帰ろうや」

「そうだな、遅くなると美菜が怒るしヨ」

俺はさっきの美菜を思い出して返事に詰まる。だけど、結婚している耕太に手を出したという意味では俺は美菜より狡《ずる》い、最低の男なのかもしれない。

「どうしたんだ、哲也さん」

「いや、なんでもない」

俺は耕太の肩を抱いて川からあがる。最低の男でもいい。俺はこの耕太が好きだ。

雲の間から月が顔を出して、濡れた耕太の裸体を照らす。俺はただ美しいと、それだけを思う。風に揺れる神社の森は深く、俺達の秘密の行為などなかったみたいにすっぽりと覆い隠してくれる。

第九章
案山子
L'épouvantail

九月に入った途端に村は秋の気配に包まれた。昼間はまだ三十度近くまでなるけど、朝晩には肌寒いくらいの風が榛名山から吹き下りてくる。山にはさまれた狭い田んぼにも稲穂が垂れて、重そうな穂並みが風に揺れ始めている。

俺は相変わらずの農作業だ。キノコの収穫の手伝いやらビニールハウスの手入れやらの予定がビッシリと詰まって、毎日が忙しい。おまけに秋祭りに向けて神楽の練習もいよいよ本格的に始まった。耕太と二人きりの練習はもちろん、全体練習も週に二回、神社の集会所に出演者はもちろん裏方まで全員が集まってやっている。

あの晩以来、俺と耕太の距離はどんどん近くなっている。最近は二人きりの練習の夜にも見にくる人がいるから変なことはできないけど、それでもちょっとした隙に耕太は俺の手を握ったり、背中に抱きついたりしてくる。そんな耕太が可愛くて、俺はますます惹かれてしまう。健二郎さんには申しわけないと思っても、自分の気持ちにはもう歯止めがきかない。

「哲也、今日も仕事なのか?」

俺が朝飯を食べていると、珍しく健二郎さんが眠そうな目をこすりながら起きてくる。

「おはよう。まだ早いから寝てろよ。俺が出る時に起こすから」

トーストをかじりながら言うと、健二郎さんは自分でコーヒーをいれて俺のむかいに座る。

「今日はどこだ?」

「水沼さんの田んぼで稲刈りだよ」

俺が答えると健二郎さんは愉快そうに笑いながら俺の顔を見ている。

「何がおかしいんだヨ」

「いや、哲也がマジメな農業青年やってると思うと、なんか不思議でさ」

「農業青年?」

俺はその言葉がおかしくて笑ってしまう。

「確かに。俺って農業に向いてるのかもな。農村には全然向いてないらしいけどな」

俺がそう言うと健二郎さんが俺の顔を正面から見る。

「哲也、もしかしてお前、兄貴が言ったことを本気にしてるのか?」

「当たり前だろ。俺がここにいられるのはあと二カ月。そうだろ?」

旧盆で帰省した健二郎さんのお兄さんは、千葉へ戻る日の朝、俺に言った。

「神楽が終わったら、その日のうちにこの家から出て行け。いいな!」

憎悪に満ちたその顔を、俺は今でもはっきり覚えている。きっと生涯忘れないだろう。

「あんなことは気にするな。どうせ兄貴は正月には帰ってこない。次にくるのは早くても来年の旧盆だ」

「そうだとしてもさ…」

健二郎さんと親父さん、三人の生活は楽しい。村の仕事も嫌いじゃない。半分よそ者の俺だから村の面倒な人間関係に首を突っ込む必要もない。そういう意味じゃ楽だけど、やっぱりここは俺の居場所じゃないのかもしれないと、最近考えるようになった。親父さんの介護があと何年続くのかはわからない。でも少なくとも俺は、ここにいつまでも居るべきじゃないんだ。

「そんなことより哲也」

考え込んでいる俺に健二郎さんが言う。

「なに?」

「お前に、いや、お前と耕太に頼みがあるんだが…」

耕太の名前が出たから、俺はギクリとする。

「…頼みって?」

「実は親父が、お前達二人の舞を見たいって聞かないんだ」

健二郎さんは親父さんの座敷のほうを気にして声をひそめる。

「親父さんが?」

「ああ。あんなわがままを言う親父じゃないはずなんだが、年のせいだろうかな」

「うーん……」

違う話だったから、俺は少しホッとする。

「なあ、耕太とお前の二人で舞うところだけでいいんだ。哲也、頼む！」

「でも、もうあと二カ月で秋祭りだぞ。親父さんも連れてくればいいじゃん。楽しみはそれまでとっておこうよ」

「どうしてもダメか？」

「だって、囃子もないし、衣装だって勝手には持ち出せないからなあ」

「衣装なんかどうだっていいさ」

健二郎さんは俺の目を見て言う。

「親父は、神楽の雷神役には人一倍思い入れがあるんだ」

「思い入れ？」

「ああ。親父も若い頃、だからずいぶん昔の話だけど、雷神を舞ったことがあるんだ」

「へーえ、親父さんが？」

「前にも言ったがこの村の男にとって雷神と風神を舞うことは名誉なことだったんだ。俺達は子供の頃、親父から自慢話をよく聞かされたもんさ」

「そうなんだ…」

「ああ。だから親父は兄貴や俺にもやらせたがってた。だが兄貴の頃はまだ村に若い連中が大勢いたし、俺は…」

健二郎さんの言葉が途切れる。

「だから親父はきっと嬉しいんだ。息子じゃなくても、この家から雷神の舞い手が出るってことが」

健二郎さんにそうまで言われたら俺も断ることなんかできない。

「わかった。今夜耕太に会うから、その時に話すよ」

耕太だって賛成するに決まっている。俺が雷神を舞うことを喜んでくれる親父さんが見たいと言ってくれるなら、断る理由なんかない。それに、本番前に大先輩に見せておくのもいいことかもしれない。


秋が来たことを教える冷たい風が庭を吹き抜けていく。ザワザワと揺れる木々の葉の色も、いつの間にか薄くなったように感じる。縁側では車椅子に座った親父さんが健二郎さんにつき添われてこっちを見ている。その横にはわざわざ休みを取ってやって来た洋子さんが座っている。耕太と俺の仕事の都合が合わなくてだいぶ時間がかかったけど、ようやく親父さんの前で舞を見せてやれる日が来た。

座敷の前庭の真ん中にしゃがむ俺は、隣の耕太の様子を窺《うかが》う。耕太も少し緊張した顔でスタンバイしている。衣装はスエットパンツに丸首シャツ、囃子はラジカセ、もちろん面は被らないままだ。

親父さんは心なしか背筋を伸ばして、庭に控える俺達をジッと見つめている。耕太が洋子さんに合図をすると、洋子さんの指がラジカセのスイッチを押す。賑やかな囃子が静かな庭に響きわたる。

「ソーレッ！」

囃子に合わせて、俺達は舞い始める。二人の舞は完璧に仕上がっている。俺と耕太は互いを見なくても、ピッタリ息を合わせることができる。

「ソラッ！」

この舞をいったい何度練習しただろうか。耕太と二人きり、夜の神社の集会所で、ある時はあらぬ期待を抱いて、ある時は互いの情欲を抑えながら、とにかく俺達はこの何カ月かの間、ただひたすらこの舞に没頭していた。

「ヤーッ！」

まるで呼吸をするのと同じように、何も考えなくても身体が勝手に動く。自分と耕太と囃子が一体になる不思議な感覚を、俺は楽しみながら舞う。

深くかがむところで顔を上げて親父さんの顔を窺う。親父さんは笑っている。初めて見る、満面の笑顔。左の手で拍子をとりながら、俺の目を見てうなずいて見せる。俺もその目にむかって笑いかける。親父さんは軽く頭を振りながら、じっと俺達を見守ってくれている。

やっぱり見せてやって良かった。あんなに喜んでいる。俺はただひたすら舞に集中する。俺も耕太も汗びっしょりだ。囃子のテンポがだんだん早くなって、いよいよクライマックスへ。俺が耕太を肩車して、二人が同時に形を決める。一番難しい部分を寸分の狂いもなく決められた。俺は満足なのとホッとしたのとで大きく息を吐く。

「じいちゃん、どうした！　じいちゃん！」

突然、俺の頭の上で耕太が叫ぶ。そのまま俺の肩から転がるように飛び降りて縁側に駆け寄る。俺は目を疑う。

「親父さん…」

さっきまで楽しそうに俺達を見ていた親父さんが、いつの間にか目を閉じてグッタリと首をうなだれている。

「じいちゃん！　じいちゃん！」

「と…、父さん、父さん！　どうした！」

健二郎さんが親父さんの肩を揺り動かす。親父さんの身体は車椅子から前のめりに倒れこむ。

「お父さん、しっかりして！　お父さん！」

洋子さんが絶叫する。でもすぐに我に返ったように、携帯を手にして何か大声で話し始める。救急車を呼んでいるのだろう。

「父さん！　しっかりしろ！　秋祭りでコイツらの晴れ姿、見てやるんだろ！　なあ、父さん！」

糸が切れた操り人形のようになった親父さんの身体に取り縋って、健二郎さんが呼びかける。

「う、嘘だろ…」

俺は一歩も動けない。さっきの笑顔はなんだったんだ。満足そうにうなずいてくれたじゃないか。こんなこと、あるわけがない。俺はその場に突っ立ったまま、信じられない光景をただ呆然と眺める。背中を濡らした汗が体温を奪っていく。ガタガタ震える身体を止めることができない。

冷たい山風が吹き抜ける庭に、明るい神楽囃子だけが流れ続ける。

ガランとした座敷で胡座をかいて、俺と健二郎さんは見るともなしに外を眺める。庭の木々が少し色づき始めている。ついこの間まで親父さんが寝ていたこの部屋。だけど今はもう何もない。ただ処分したベッドの脚の跡だけが畳の上に残って、親父さんが確かにいたことを教えている。

「なんだかまだ信じられねえなあ…」

俺は畳の上に大の字に寝る。天井を見ていると、この部屋で親父さんと将棋を指したのを昨日のことみたいに思い出す。

「二週間、経ったか…」

すっかり無口になった健二郎さんが独り言のように小声で呟く。この庭で耕太と一緒に雷神と風神の神楽を舞ったあの日。それを見ながら親父さんはあっけなく逝《い》ってしまった。俺と目が合った時に満足そうに微笑んだ顔がまだ鮮やかに蘇ってくる。

「親父のヤツ、よっぽど嬉しかったんだな」

「え、何が?」

「お前のことだよ」

「どうして？　だって俺は…」

「お前は雷神を舞ってくれた。それに毎朝ずっと将棋の相手までしてやってくれた。俺や兄貴にもできなかったことを…」

「あれは…、俺が好きでやったことさ」

俺はふと親父さんの匂いを思い出す。鼻の奥がツンとしてまた涙が出そうになる。

「なんて言うかなぁ、俺、放っとけねえんだよね、年寄りを」

「お前のその言葉、兄貴や姉貴に聞かせてやりたいよ」

「もう、そんなこと言うなヨ…」

健二郎さんが嘆くのも無理はない。通夜から葬式が終わるまでの騒動は、まるでテレビドラマでも見ているようだった。

親父さんの訃報を聞いて駆けつけた健二郎さんの兄さんと姉さん。二人は布団に寝かされた親父さんの顔をろくに見もしないで家財の取り合いを始めた。盆休みの時には顔を見せなかったお兄さんの嫁さんとお姉さんの旦那もやってきたから、騒ぎは大きくなった。旧家らしく年代物の家具や器や掛け軸なんかがたくさんあったのを、互いに罵《ののし》り合いながら奪い合う姿は餓鬼のようだった。

そして決定的な事件は葬式の直前、近所のオバサン連中が大勢手伝いに来ていたキッチンで起きた。オバサン達は例によって洋子さんの噂話を楽しそうにしていた。集落が違うせいで手伝いに来てなかったのをいいことに、洋子さんの本当かどうかわからない陰口ばかり。俺は聞きたくもなかったから庭のほうの手伝いをしていた。

その真っ最中にお姉さんと、お兄さんの嫁さんが大喧嘩をやらかした。きっかけはなんだったのか今もわからない。わめき声を聞いて俺が駆けつけた時には、二人はキッチンの床の上で取っ組み合いをしていた。

「嫁のくせに何もしないで、この役立たずのバカ嫁が！」

「アンタこそ、実の娘なのに面倒も見ないで！　薄情者ッ！」

きっと自分の家では上品な奥様然としているんだろう五十間近の女も、一皮剥けばあんな喧嘩ができるんだと、俺は感心しながらそれでも一応止めに入った。周りのオバサン達はあっけにとられてただ眺めているだけだった。

どうにか葬式と初七日の法要をその日のうちに終えて、二組の夫婦は互いにひと言も口をきかずに帰っていった。お姉さんは車に積めるだけの家財を載せて、載せきれない大きなものには自分の名前を書いた紙切れを貼っていった。その大荷物も何日後かに運送屋が来て運び出していった。残った荷物はお兄さんのものになるという。

結局この家と畑はお兄さんが、期待したより少なくて二人がガッカリしていた預貯金はお姉さんが全部取ることでようやく話がついたらしい。健二郎さんは年内一杯でこの家を出るように言い渡された。

「まったく兄貴も姉貴も、みっともないことをしてくれたよ」

健二郎さんが自嘲気味に言う。当然ながらあの騒動は今や村中に知れ渡っている。俺もバイト先に行くたびに根掘り葉掘り尋ねられていい加減うんざりだ。

「結局、健二郎さんには何もなし?」

俺が尋ねると健二郎さんはさばさばした顔でうなずく。

「俺だけ大学に行かせてもらったんだから、これで三人、ちょうどバランスいいんじゃないか」

そんな理屈なんてあるわけがない。これじゃ仕事を辞めて一年半も一人で介護した健二郎さんに冷たすぎる。

「俺は、子供もいないからな…」

異常だとか親不孝だとか、さんざん健二郎さんを責めながら親の介護を押しつけた兄姉。その挙げ句にこの仕打ちはなんなんだ。兄弟は他人の始まりっていうけど、あまりに酷すぎる。俺の胸に怒りがこみ上げてくる。

「それに…」

健二郎さんは俺を見て言う。

「俺は親父を介護できて良かったと思ってる。あの時間がなかったらきっと、俺も親父も最後までお互い心を開かないままだったと思うんだ」

健二郎さんのひと言で俺の怒りが急に萎んでいく。そのとおりかもしれない。他人の手を全部拒否して、最後まで健二郎さんに頼っていた親父さん。それは親父さんが長い長い時間を経て、息子である健二郎さんを受け入れたからだろう。

「そうだよな。金より掛け軸より大切なモノをもらったと思わないとな」

俺はようやく納得できた気分になって、畳の上に寝たままで大きく伸びをする。床の間に置きっぱなしになった将棋道具が視界の隅に入る。誰も気にしなかったんだろう、あの騒動のあとなのにいつもの場所に置いてある。

「あのさ、健二郎さん」

「なんだ?」

「あの将棋道具、俺がもらっちゃダメかな」

健二郎さんは床の間に目をやって、そして俺の顔を見て微笑む。

「ああ、もらっておけよ。お前が持っててくれたら親父もきっと喜ぶさ」

「ラッキー！」

思えば半年間、毎日親父さんと将棋を指した思い出は、俺にとっての宝だ。将棋の腕もかなり上達した。

すっかり馴染んだ将棋盤を手に取る。ズッシリと重い一枚板を使った分厚い盤。その一番下に平べったい引き出しがあることに俺は前から気づいていた。ずっと気になっていたその引き出しのつまみを持って手前にすべらせると、中から何かが出てくる。

「健二郎さん、こんなのが入ってたけど…」

茶色に変色した古い封筒。その表には『健二郎』と筆で書いてある。プンと古い埃の匂いがする。

「なんだ、これ…」

健二郎さんは怪訝《けげん》そうな顔で中身を確かめる。出てきたのは一冊の預金通帳。そのあとから小さな印鑑が落ちて、畳の上を転がっていく。それを追いかける俺の後ろで健二郎さんが声をあげる。

「んんっ！」

「どしたん？」

印鑑を拾ってきた俺に、健二郎さんが通帳を見せる。俺はその中身を見る。

「こ、これって…」

古ぼけた郵便貯金の通帳には、毎月決まった額が預け入れられている。残高はずいぶんな額だ。最後の日付は二年近く前、たぶん親父さんが倒れる直前だろう。表を見ると通帳の名義は『倉田健二郎』。

「これ、親父さんが…?」

「そう…らしい」

健二郎さんは小刻みに震えている。通帳は何回か繰り越しされているようだけど、総額を毎月の金額で割ると…。

「二十年以上前からだぜ、この貯金!」

ただ呆然とする健二郎さん。この家から郵便局まで、俺の足で歩いても十五分はかかる。ガードレールもない県道の端をひたすら歩く親父さんの姿が見える。炎天下も、山から風が吹きつける寒い日も、勘当した息子のために二十何年間も毎月郵便局へ通い続けたんだろう。想像するだけで胸が苦しくなる。親っていうのは、親子っていうのは、そういうものなんだろうか。

「へ、へへッ…。よっぽど頼りない息子だと思ってたんだな、健二郎さんのこと」

笑わせようとして言ってみても声が震える。健二郎さんはこっちに背中を向けたまま動かない。俺はふと思い出してその背中に話しかける。

「あのさ…、旧盆の夜に三人がもめてたろ? あの時、親父さんが泣きながら俺に言ったんだ。『あんなに酷いことを言ったのに、健二郎は…』って」

じっと固まっていた健二郎さんの肩が大きく揺れる。

「と、父さん…!」

堰を切ったように健二郎さんが泣きだす。葬式の時にも涙を見せなかった健二郎さんが、まるで子供のように号泣している。

揺れ続ける健二郎さんの肩を、俺はただ見つめる。しばらくたってから、そっとその肩を抱いてやる。涙でグショグショになった顔にキスする。今の健二郎さんに俺がしてやれるのはこんなことくらいだ。

「哲也…」

健二郎さんが俺にしがみついてくる。俺はその頭を撫でる。そうしてもう一度健二郎さんの唇をふさぐ。

「ほら、泣いてたら親父さんが心配するぞ」

俺は肩を震わせ続ける健二郎さんを抱きかかえる。

親父さん、よかったな。ちゃんと気持ちは通じたよ。俺は将棋盤を見ながら胸の中で話しかける。

やがて健二郎さんが顔を上げる。俺と目が合うと少し恥ずかしそうにニッと笑ってみせる。親父さんが死んでからはじめて見る健二郎さんの笑顔。腑抜けのようになっていたから心配していたけど、もう大丈夫みたいだ。俺達はそうやって、しばらくお互いの顔を見つめる。

「さあ、俺もいつまでも落ち込んじゃいられないな」

健二郎さんの声にも心なしか張りが戻っている。

「少しは元気出た?」

「ああ。哲也がいてくれて良かったぜ」

その笑顔を見て、俺はほっとする。

「俺、来週からちょっと東京に行ってくる」

健二郎さんは表情を引き締めて言う。

「東京? 何か用事でもあるん?」

「仕事探しと、部屋探しだ」

「そうか。この家を出なきゃいけないんだったな」

考えてみたら、親父さんがいなくなった今、もう健二郎さんがこの村にいる理由はないんだ。

「ああ。あとは兄貴が恥を晒しながらここに住めばいいんだ」

「…」

「とりあえず世話になった教授やマスコミ関係をあたってみるか」

もう後ろを振り向かないと決めた健二郎さんの、吹っ切れた笑顔。俺はなんとも言えない気持ちでそれを眺める。

「俺にできることがあれば言ってくれよ。手伝うから」

そう言うと、健二郎さんは俺の頭を指先で突く。

「お前にはまだ大役が残ってるじゃないか」

「あっ…」

神楽のことをすっかり忘れていた。親父さんのためにも、耕太のためにも、そして村のためにも俺の役目はこれからだった。

「耕太は気を遣って連絡してこないんだから、お前のほうから電話しろ。今夜からでも練習を再開するんだぞ」

健二郎さんの迫力に押されて、俺は立ち上がる。なあに、全然問題ないさ。神楽はもう俺の身体に染みついているんだ。

俺は軽く舞の足運びをさらってみる。それだけで耳の奥に囃子の音が聞こえてくる。

第十章

後ろ足

Patte arrières

庭から聞こえてくる虫の声もすっかりおとなしくなった。十一月の夜は冷える。俺は広い屋敷の小さな離れで一人きりの晩飯を食べ終える。親父さんの四十九日の法要が終わって、健二郎さんは仕事探しに本腰を入れている。東京だけじゃなく大阪や九州にも足をのばしているから、村にはたまにしか帰ってこない。それが今の俺には寂しくもあり、救いでもある。

俺の頭の中は耕太と神楽のことでいっぱいだ。健二郎さんには申しわけないと思ってもどうしようもない。間近に迫っている秋祭り。神楽は関係者全員での総仕上げの稽古が毎晩続いている。畑仕事と練習で俺は毎晩ヘトヘトだ。耕太とは毎晩顔を合わせているけど、二人きりになれる時間は少しもない。

誰かが暗いガラス戸を叩く。開けてみると珍しく耕太が立っている。

「よう、入れよ」

耕太はムスッと黙ったまま部屋に上がりこんで、何も言わずに胡座をかく。

「大丈夫なのか？　こんな時間に出歩いたらまた美菜ちゃんに怒られるぞ」

俺が冗談っぽく言っても、耕太は怒ったような顔を崩さないでじっと畳を見つめている。

「もう一週間も帰ってこねえんだ」

放り出すように言って、また黙りこむ耕太。

「美菜ちゃんがか？」

「ああ」

「東京の実家に帰ってるんじゃないか？」

俺が言っても耕太は黙って首を横に振る。

「俺が悪いんだ。俺のせいなんだ…」

耕太が大きい両手で自分の頭を抱える。

「もう美菜の顔見ても、可愛いともなんとも感じねえんだヨ」

旧盆の夜にこの部屋で俺を誘ってきた美菜の湿った素足。その生々しい感触が蘇ってくる。悪いのは耕太じゃない。俺が、そして美菜が悪いんだ。耕太にかける言葉がなくて、俺は黙りこむ。

「哲也さんヨ…」

しばらく黙ってた耕太がふいに口を開く。

「秋祭りが終わったら、東京へ戻るつもりなのか？」

責めるような口調に俺はたじろぐ。

「あ、ああ。健二郎さんも村を出るって言ってるし、そうなったら俺もここにいる理由ないだろ」

「どうしてだ？　農村の研究ならほかの農家だってできるじゃねえかよ。俺が頼んでやるヨ」

「耕太…」

「なあ哲也さん、村にいてくれ。ここに残ってくれよ！」

縋りつくような目で言う耕太。俺がこの村に来た本当の理由などこの男に言えるわけがない。

「耕太、俺はたぶん東京に住む。ここから東京なんか遠くないじゃないか。遊びにこいよ」

耕太の目は悲しそうに俯く。

「この村で所帯持って、村で働いてたら、東京なんか行けねえよォ」

たしかに言うとおりだ。この村で生きていく耕太にとって、東京は俺が思う何倍も遠いんだろう。

「哲也さんがいなくなったら、俺、どうしたらいいんだよ！」

耕太が坊主頭を俺の胸に押しつけてくる。それを受け止めて仰向けに倒れながら、俺は両腕で耕太を抱き締める。もう俺自身の一部のようになっている耕太の若い匂い。いつも陽気な笑顔の下に隠している少年のような繊細さ。それを思うと俺の胸は後悔でいっぱいになる。互いに一目惚れしたとはいっても、俺は気づかないふりをしなけりゃいけなかったんだ。健二郎さんを裏切って、耕太を追いつめて、俺はいったい何をやっているんだろう。

神楽を舞い終わったら、その時に俺と耕太の関係は終わる。激しい練習のせいか耕太の頬はこけ、目だけがギラギラしている。

俺は耕太を強く抱く。たとえそれが耕太をもっと苦しめることになっても、今の俺達は雷神と風神のように互いを求め合うことしかできない。

「やったな。おめでとう!」

久しぶりに帰って来た健二郎さんの口から都内の私立大学の名前が出て、俺は思わず健二郎さんに抱きつく。

「前にいた大学の教授が推薦してくれてな。助教授として迎えられることになったんだ」

健二郎さんは明るく笑う。

「すげえじゃん。さすがだな」

「俺だけの力じゃないさ。哲也が近くにいてくれたおかげだ」

健二郎さんは俺を力いっぱい抱きかかえる。仕事が決まった自信からだろうか、介護に疲れていた雰囲気はもうどこにもない。若々しい目の輝きも、溌剌とした身のこなしも、東京にいた頃の健二郎さんそのものだ。

「本当は春からのつもりだったんだが、大学の都合で年内から非常勤講師で入ることになってさ」

「ずいぶん急な話だなぁ」

俺が呆れてみせると健二郎さんはちょっと苦笑いして、すぐに真面目な顔に戻って俺を見る。

「なあ哲也…」

「なに?」

「お前、どうする? 東京で一緒に暮らすか?」

「お、俺は…」

答えに困る。俺の中ではもう耕太のほうが大きな存在になっている。この村を出て東京に戻っても、健二郎さんと暮らす気にはなれない。それに、新しい道が開けていきいきしている健二郎さんは眩しすぎて、正直言って俺からは少し遠い存在に思えてしまう。二丁目で遠くから憧れて見ていたように。

「健二郎さん…」

俺は深呼吸をひとつしてから口を開く。

「なんだ?」

「気持ちはありがたいよ、すごく。でも俺は…、俺も、東京で一人でやってくよ」

「そうか…」

少し寂しそうな目が俺を見つめる。東京で何をやって生きていくか、今の俺にはなんのあてもない。でも俺は、宣言しなきゃいけないんだ。

「せっかくいろんなことから解放されたんだ。健二郎さんも全部新しく始めてくれよ」

「……」

「俺を好きでいてくれたことや、ここに呼び寄せてくれたこと、ありがたいと思ってるよ。でもさ…」

健二郎さんは俺をジッと見て、そうして大きく息を吐く。

「そうか。それならお前はもう一度自分の力でやってみろ。もし駄目なら、いつでも俺のところにこい」

「健二郎さん…」

俺はこみ上げてくるものをグッとこらえる。

「そんなこと言うなよ。俺、一生誰かにパラサイトするような人間でいたくない。俺が自分の力で生きていけるようになるまで、遠くで見ててくれよ」

俺はずっと思っていたことをようやく口にできた。

「よし、わかった」

健二郎さんはやっと笑顔を見せてくれる。

「だが東京に戻る前に神楽だけはちゃんとやれよ。親父も、村のみんなも期待してるんだからな」

「ああ。俺の最初で最後の晴れ舞台だ。健二郎さんも見に来てくれるんだろ？」

「俺は…、もしかしたら無理、かもしれない。その頃にはもう東京に居なくちゃいけないんだ」

健二郎さんの心はもうこの村にはない。それはそれでいい。それが健二郎さんにとって幸せなことなら。

「それから哲也、」

「なに？」

「耕太のことだが…。あまり深入りするなよ。アイツには親も美菜ちゃんもいる。俺達とは違うんだからな」

気づかないふりをして、健二郎さんは全部知っていたのか。俺はもう何も言えなくて、ただ黙ってうなずくしかない。


「さあ、そろそろ始めようか」

洋子さんが刺身の大皿をテーブルの真ん中に置いて宴会の準備は完了だ。健二郎さんと耕太、洋子さんと俺。四人で一緒に作った料理が載りきれないくらいに並んでいる。

「おー、こうして見ると豪華だな」

「ああ、早く食いてえ！」

洋子さんは冷蔵庫からビールを何本か取り出して、かけていたエプロンを外す。

「さあ、主賓の三人は早く席に座って。今日は健二郎の就職祝いと、二人のお神楽の前祝いなんだから」

冗談めかして笑っている洋子さんだけど、その目は少しも嬉しそうじゃない。俺と初めて会った時と同じだ。この人のつくり笑顔を見ているのは辛い。健二郎さんのことを同志のようだと言っていた洋子さん。その健二郎さんは都内の市ヶ谷に新しい部屋を借りて、もう荷物の大部分を送ってしまっている。寂しくないはずはないのに、洋子さんは今日もずっと笑顔のままだ。

「乾杯ッ！」

洋子さんが音頭をとる。まるで自分の気持ちを振り切っているようにしか俺には聞こえない。四人きりの小さな宴会。全員がグラスのビールを一気に空ける。

「プハーッ、うめえ！」

耕太がおどけて言う。四人とも他愛もない話をしながら、ただ飲んで食べる。本当は笑顔でこの場にいることさえ、全員がそれぞれ辛いはずなのに。

突然遠くから大音響が聞こえてくる。それはだんだん近づいて、ダイニングだけじゃなくて屋敷全体のガラス窓がビリビリと揺れ始める。

「何かしら？」

「車のエンジンじゃねえか？」

やがて爆音が一段と高くなって、そうして低く響いて止まる。俺が外の様子を見に行こうと立ち上がると同時に玄関の扉が開く音が聞こえる。

「耕太ァ、いるんでしょｰ？」

締まりのない美菜の声がする。耕太が慌てて立ち上がるけど、美菜はもうダイニングのドアを開けている。原色のニットのコーディネート。渋谷あたりで十代の子達が着ていそうな服をだらしなく身につけている。

「あー、やっぱりいた！」

けたたましく笑う美菜。正面からでもよく見える鼻の穴。この声、そしてこの顔。それだけで俺はげんなりする。

「美菜、今までどこ行ってたんだヨ！　みんなに心配かけて…」

詰め寄る耕太の目の前に、美菜が突きつける一枚の紙。

「はい、これ。アタシ東京に帰るわ」

「帰るって、オマエ…」

耕太の手に離婚届の用紙が押しつけられる。乾いた音をたてて紙がグシャッと潰れる。

「ちょっと美菜ちゃん…」

声をあげる洋子さんをチラッと見て、目線を耕太に戻す美菜。

「アタシさぁ、もうイヤなの。耕太はぜーんぜん優しくないし、毎日退屈だしぃ」

そう言いながらポシェットから煙草を取り出して、慣れた手つきで火を点ける。

「それにさ…」

言いかけた美菜を耕太が怒鳴りつける。

「馬鹿ッ！　今は健二郎さんの送別会やってんだぞ。そういう話は家に帰ってからだ！」

真っ赤になった耕太の顔に、美菜は煙草の煙を吹きかける。

「もう耕太の家には帰らないもん。今荷物取ってきたとこ。タンスとかは捨てちゃっていいから」

「おい待てヨ！」

耕太が美菜の肩に手をかけるけど、軽く振り払われてしまう。

「さっきのエンジン、お前の車か？」

美菜は首を横に振る。

「違う。モトカレの」

「も、元彼だとォ？」

「うん。こないだね、北千住の駅ビルで偶然会ったの。東京に帰ったら居候させてもらうんだ」

耕太の顔は真っ赤なのを通り越して紫色になっている。座敷の窓越しに道のほうを見ると、黒いスポーツカーがステレオをガンガン鳴らしながら停まっている。顔は見えないけど、茶髪を伸ばした男が音楽に合わせて頭を揺らしている。

「たばこはやめろって言っただろッ！」

耕太が美菜の手から吸いかけの煙草を奪い取る。

「そうやってさぁ、身体に悪いとかなんとか、耕太ってアタシを縛るからキライなのヨ。

偉そうに！」

美菜は耕太を睨んだまま次の煙草を取り出して平然と火を点ける。

「それに…」

鼻から煙を出すことがどんなにみっともないか、この女は知らないのだろうか。

「耕太の子供、堕ろしちゃったからね」

空気が一瞬で凍りつく。俺達四人が動くこともできないで呆然とするなかを、美菜が吐く煙だけがゆらゆらと立ち登っていく。

「だってぇ、子供なんか邪魔じゃん？　変だと思って千住の病院で診てもらったら二ヵ月だって言われてさ、ソッコーでバイバイよ。超ヤバだよね」

ケラケラ笑う美菜に耕太が何かを言おうとする。その横から洋子さんが歩み寄って、いきなり美菜の頬を思い切り引っぱたく。床に転がる美菜。

「み、美菜ちゃん、アンタって人はッ！」

洋子さんが怒った。鬼のような形相で美菜を睨みつけている。唇をワナワナと震わせて、肩が大きく上下に揺れている。初めて見る怒りは壮絶だ。俺は息を呑む。いつもは感情を表さない顔が真っ赤に紅潮して、額には青く血管が浮いている。

美菜は右頬を押さえたまま洋子さんを睨んで、それからゆっくり立ち上がる。

「痛ぁーい！　ちょっとォ、何すんのよクソババア！」

怒声をあげる美菜の頬には洋子さんの手の跡がくっきりとついて、少しだけど鼻血まで垂れている。洋子さんを睨み返すその目は、タヌキじゃなくて獰猛《どうもう》なイノシシだ。

「子供が邪魔ですって？　耕太君とアンタは夫婦なのよ！　どうして子供が邪魔なの！　どうして勝手に決めたの！」

美菜にむかって金切り声で絶叫する洋子さん。その顔に息がかかるくらい顔を近づけて、美菜がニヤッと笑う。鼻血まみれの顔は凄味がある。

「お母サマ、耕太の子供を見れないのがそんなに悔しいわけ？　それとも自分が子供を産んだことが偉いとでも思ってるの？」

洋子さんに囁きかけるような小さな声でそう言って、美菜が勝ち誇ったように俺達四人を見回す。ダイニングがシンと静まりかえる。

「み、美菜ちゃん、な、何を言ってるの？　そんな…」

洋子さんが急にうろたえた声を出す。怒りで真っ赤になっていた顔から見る見る血の気が引いて、細かく震える唇まで土色になっていく。

「ねえ、洋子さん」

美菜が煙草をキッチンのシンクに放り投げて壁に寄りかかる。ポシェットからハンカチを取り出して、ゆっくりと鼻の下の血を拭き取る。

「そうやってさぁ、一人で抱え込んでて楽しいの？　耐える女やってて、アンタそれでいいわけ？　ねえ、昭和のオバサン！」

興奮すると高い声が裏返るのは美菜の癖だ。だけど、この女は何を言ってるんだろう。

「み、美菜ちゃん、あなたの、言ってる意味がわからないんだけど…」

洋子さんは振り絞るようにか細い声を出す。美菜はその場に大股を開いてしゃがみ込む。そうして上目遣いで俺達をジロッと睨み回す。きっと高校生の頃にセンジュあたりでやっていたのと同じように。

「アタシが言いたいのはァ、健二郎さんや耕太に黙っててていいのか、ってこと！」

「な、なんのこと？」

「またとぼけて！　送別会なんかやっちゃって馬鹿じゃない？　自分がケナゲな女だとか思ってない？　アンタって超ゴーマンだと思うんだけど。ねえ、そういうのってマジでズルくない？」

美菜は何が言いたいんだろう。耕太の子供、洋子さんの子供…。俺の頭に閃光が走ろうとする瞬間、健二郎さんが大声をあげる。

「おい…、おい洋子！　まさか…」

健二郎さんが洋子さんの両肩に手を置いて激しく揺さぶる。両手で顔を覆う洋子さん。それを見てドンドンと床を叩きながら笑い転げる美菜。

「マジィ？　オジサン、ホントに気づいてなかったの？　ニブイよォ。鏡見てみなよ。耕太と同じ顔してるじゃん」

俺の脳天に雷が落ちる。美菜が言うとおりだ。頭の中に、若い頃の健二郎さんの面影が次々と浮かんでくる。垢抜けない田舎の雰囲気と、子供っぽさが目隠しとなってわからなかったが、二人は確かに似ている。肩幅が広くて背が高い、ガッシリした骨格まで同じだ。

耕太は驚いているのか、ただ無表情で突っ立ったままだ。健二郎さんは恐ろしいものでも見るように耕太の顔を窺っている。

「知らないわ！　なんのことだか全然わからない！」

洋子さんが髪を振り乱して頭を左右に振る。

「美菜ちゃん、想像でものを言うのはやめて！　出て行くなら黙って出て行けばいいでしょ！」

洋子さんは半狂乱になって怒鳴る。涼しい顔をしている美菜。

「健二郎さんにも秘密で勝手に産んで、猫の子みたいに他人にあげちゃったくせに！」

洋子さんは息苦しそうに唇を動かす。だけど言葉が出てこない。

「アタシ聞いちゃったんだ。ずっと前、夜中に耕太のお父さんとお母さんがコソコソ話してたの。耕太は健二郎さんと洋子さんの子供。高校を卒業した時には洋子さん、妊娠してたんでしょ？　だから高校出て半年間、家から一歩も外にも出なかったんでしょ？」

「そんなこと、そんなこと…！」

洋子さんは髪を振り乱して泣きわめく。崩れそうなその身体を、健二郎さんが抱きかかえる。

「産んだのは高崎の敬愛産婦人科。村の人に内緒で産むつもりだったのが、そこに耕太のお母さんが緊急入院してきた。洋子さんは無事に産んだけど、耕太のお母さんは死産で二度と子供ができない身体になっちゃった。だから洋子さんに頼み込んで耕太を引き取ったのよ。どこか間違ってる？」

わざとらしい舌足らずなしゃべり方がいつの間にか消えている美菜。雄弁な口元を、俺は不思議な気分で見る。

美菜は耕太のほうに向き直って笑う。

「ゴメン。バラす気はなかったんだけどさ。まあいつかは耕太も知ることなんだから、いいよね」

少し間があって、耕太が小さく咳払いして口を開く。

「美菜、お前は本当にしょうがない奴だな」

「え？　何がヨ！」

美菜が気色《けしき》ばむ。美菜の質問には答えずに、耕太は静かに言う。

「この届は俺がハンコ押して役場に出しておくから。身体に気をつけてな」

「ねえ、ちょっとォ、それだけ？　ほかに何か言うことないの？」

耕太は手に持った離婚届の紙に目を落としたきり何も言わない。耕太が動じないのが不満なのか、それとも本心が別のところにあるのか、美菜は耕太の前から動こうとしない。

外でけたたましくクラクションが鳴る。

「ほら、彼氏が待ってるぞ。行けヨ」

耕太が優しく、でも両手で美菜の肩を押す。

「いいの？　アタシ、行っちゃうよ？　マジで帰ってこないよ？」

耕太は黙ったまま肯いて、小さく手を振って見せる。それは有無を言わせない、強烈な決別の合図だ。

「も、もういいッ！　耕太なんか嫌いッ！　こんな村、大嫌い！」

タヌキの目から涙をこぼして美菜が叫ぶ。

「みんな本当のこと言わないなんて、おかしいじゃん！　おかしいヨォ！　そんなんで赤ちゃん産んだってアタシ、やってける自信なかったの！　だから…」

そこまで言うと、美菜はクルッと背中を向けて走り去っていく。後ろ姿が泣いている。

やがて地鳴りのようなエンジンの音が響いて、そうして遠ざかっていく。静かになったダイニングに、俺達四人は言葉もなくただ立ちつくす。

「俺、親父とお袋を見てくるッ！」

思い出したようにそう叫んで、耕太は玄関から駆け出していく。その背中は美菜と同じように泣いている。俺にはそう見える。


抜け殻のように突っ立っていた洋子さんがその場に崩れ落ちる。そうして顔を覆って号泣し始める。この二十何年かの間に溜まったものを一度に吐き出しているみたいだ。喉の奥から響き渡るような泣き声はいつまでも続く。健二郎さんがしゃがみこんでその肩を包み込む。洋子さんは健二郎さんの胸にすがって泣きじゃくる。きっと本当は、二十何年か前のその日に泣きたかったんだろう。

「どうして…」

やっと少し落ち着いてきた洋子さんに健二郎さんが声をかける。

「どうして黙ってた？　どうして俺に知らせてくれなかったんだ？」

「どうしてって…」

洋子さんは健二郎さんを睨む。

「健二郎が、私の手の届かないところに行っちゃったからじゃない…」

洋子さんが健二郎さんの胸を叩く。

「私、決めたの。貴方《あなた》と愛し合った証拠を残すって。一人で貴方の子供を産むんだって。親がどんなに反対しても絶対産むって。でも…」

涙はまだ止まらない。

「落ち着いてから気づいたわ。私は子供を産むことはできても育てる力がない。でも遅かった…。あの子が生れた時は嬉しかったけど、将来を考えて泣いてたわ」

まるで昨日の出来事みたいに話す洋子さん。

「その同じ日に救急車で運ばれてきたのが耕太のお母さんだった。あとはさっき美菜ちゃんが言ったとおりよ」

洋子さんはゆっくり立ち上がって、散らかったダイニングを片づけ始める。

「村を離れて仕事して結婚して。毎日が忙しかったからずっと忘れたつもりだった。だけど母の世話するために村へ帰って来て耕太を見たらもう私、ダメだった…」

また涙ぐむ洋子さん。泣いたせいなのか、いつの間にかその顔には年相応の皺が見えている。

「ときどきすれ違うだけでも良かったの。あの子はよく挨拶してくれたわ。高校生の頃の貴方にそっくりだった…。とにかく耕太が住んでるこの村で、遠くからあの子を見ていたいって、私、それだけを思って暮らしてたの」

母親の顔をした洋子さんがいる。大きく息を吐いて独り言のようにつぶやく。

「そこに健二郎まで帰って来たから私、本当に嬉しかった。一人で勝手に親子三人のつもりで楽しんでたの」

「だから、洋子はこの家に…?」

健二郎さんが洋子さんを見る。黙って肯く洋子さん。

「お義父さんがいて、ときどき耕太が遊びに来て、この家で四人揃った時なんか、私、幸せで涙が出そうだった。でもそれは、私の勝手な親子ごっこだったわ…」

洋子さんと耕太がこの家に出入りしていると聞いて顔色を変えた健二郎さんの兄姉。その理由が今やっとわかった。

「あっちのご両親の気持ちを考えたら、私は本当に自分勝手よね。美菜ちゃんに傲慢《ごうまん》だって言われても仕方ないのよ…」

俺はふと親父さんを思い出す。親父さんが知らなかったはずはない。

「あっ、そうか！」

俺は思わず声に出してしまう。

「どうした、哲也？」

「耕太だよ！　俺じゃなくて、親父さんは耕太を見たかったんだよ。孫が神楽を舞う姿を、死ぬ前にどうしても見たかったんだ」

「だから、あんなわがままを…」

「そうだよ。きっとそうだ」

「親父は…、知ってたのか」

「健二郎さんと洋子さんが一緒にいて、孫の耕太が風神を舞う。親父さん、人生の最後が最高に幸せだったはずだぜ」

洋子さんはまた低く嗚咽を漏らし始める。健二郎さんは洋子さんが吐き出したものを全部包み込むように、そっと抱き寄せる。

「どうして…。俺だけが知らなかったなんて…。自分の子供がいることさえ知らされないほど、俺は厄介者だったっていうのか…」

健二郎さんの目から涙が溢れ出て、必死に首を横に振る洋子さんの首筋を濡らしている。

第十一章

神楽舞

Le danse Kagura

晩秋の空はひたすら高く、青い。神社の杜の木々はほとんど葉を落とし、突き刺さるような枝だけを冷たい風にさらしている。その空に何本もの幟《のぼり》がはためいて、村の一年で最大の行事、秋祭りを告げている。今日は村の人間はもちろん、遠くからも見物人が集まって来ているらしい。境内はビデオカメラや一眼レフを抱えた人でごった返している。県道沿いには屋台が立ち並んで、子供達の歓声が響いている。

「いよいよ、だな」

「…ああ」

耕太は短く応えると、また黙り込む。今朝早く、俺達は裏の川に入って禊《みそ》ぎを済ませた。そのまま社務所の奥の座敷に入ってずっと二人きりでいる。真新しい下帯が腰に食い込んで、いやでも緊張してくる。気を遣っているのか、村のお偉いさん達や長老も顔を出さない。

俺は障子を細く開けて外の様子を窺う。神楽が始まるまでにはまだ一時間以上もあるのに、神楽殿の周りにはもうギッシリと観衆が座っている。ローカル番組で放送するとかで、前橋から来たＮＨＫの取材スタッフが忙しそうに走り回っているのが見える。

その横には健二郎さんと洋子さんが立っている。二人と親しげに話をしているのは耕太の両親だ。あの四人の間でその後どんな話があったのか、俺には想像もつかない。

「なあ耕太…」

言いかけて俺はやめる。耕太は思いつめた表情でジッと畳を見つめている。

「なあ哲也さん」

耕太が俺のほうを向く。

「ん？　なんだ？」

「そこから見えるだろ」

顔を上げて悪戯っぽい笑顔をつくる耕太。

「まったくヨ、親父とお袋と、父親と母親。俺一人に四人だぜ」

おどけてみせるこの男は、自分の出生の秘密をいつから知っていたんだろう。もしかしたら本当は美菜に言われて初めて知ったんじゃないだろうか。でも今となってはどうでもいいことだ。耕太には生みの親と育ての親がいる。それだけだ。

「あーあ…」

耕太が大きく伸びをしながら言う。

「来ちまったな、今日が」

神楽の本番の日。それは俺と耕太の最後の日だ。何も知らずにこの村に来た俺を、あれこれ面倒を見てくれた年下の男。俺に抱かれて初めて男になった可愛い奴。たった半年とは思えないほどの思い出が頭の中を駆け巡っていく。

今日、神楽を舞い終われば、待っているのは別れだ。二度と会えないわけじゃないが、お互い遠く離れることになる。この土地に、いや、どこにも根を生やせない俺だから仕方ない。もう耕太も泣き言を口にすることもなくなった。

「さあ二人とも、支度を始めなさい」

襖が開いて、氏子《うじこ》の人達が衣装を運び込んでくる。俺達は立ち上がって下帯だけの裸になる。年寄り達が一人に三人ずつ付いて、手慣れた様子で衣装を俺達の身体に纏《まと》わせていく。

明治初期に作られたという雷神の朱《あか》い衣装を、俺は初めて実際に見る。前に耕太のビデオで見たよりもずっと豪華で重厚だ。身につけると、かすかに渇いたホコリ臭さがする。

「おお、哲也、よく似合うのぉ」

年寄りの一人が俺を見て感心したような声をあげる。

「耕太も一年ですっかり大人になって」

「今年はいい神楽になりそうだのぅ」

年寄り達が手を動かしながら口々に言う。

「哲也も耕太も、熱心に稽古しとったからな。いい舞を見せてくれよ」

皺だらけの顔を輝かせながら俺達を見上げている村の年寄り達。それを見ていると俺は胸の奥が震えてくる。縁《えん》もゆかりもない俺を、いくら舞い手がいないとはいえ、村の伝統行事の主役として大切にしてくれるこの村の連中。

目線を移すと、清々しい青い風神の衣装を着た耕太はまるで別人のように凛としている。引き締まった顔が普段より大人びて見える。奴は俺に背中を向けるようにして、手の動きや足捌《あしさば》きを確認している。俺はその背中を黙って見守る。

神楽殿のほうから太鼓の音が聞こえてくる。神楽の始まりだ。下っ腹にズンとくる、低く力強い響き。

「さあ、出番が近いぞ。哲也、耕太、二人とも面をつけなさい」

世話役の斉藤のおやじさんが声をかける。俺と耕太は、江戸時代から伝わるという雷神と風神の面をつける。途端に視界が狭くなる。目の部分の小さな穴だけが頼りだ。

でもそんなことは問題じゃない。数え切れないほど繰り返し稽古をした今の俺達なら、たとえ目隠しをされても完璧に舞うことができるだろう。

面を被った風神が、初めて俺のほうを向く。大きく脚を拡げて立つ耕太は、じっと俺を見つめている。面の下の目は見えないが、確かに耕太は俺を見ている。

身じろぎひとつしないで俺だけを見つめる耕太。俺も耕太を見る。顔が見えないだけ、耕太の身体全体が俺に訴えかけているのがわかる。

雷神と風神が微動だにせず、黙ってむかい合う。俺達の間の異様な緊張感に、手伝いの人達は一様《いちよう》に黙りこくる。

太鼓の音がピンと張りつめた空気を揺らす。その音はひときわ高く響きはじめている。

「さあ出番だ。思いっ切り舞ってこい！」

俺達をジッと見ていた斉藤のおやじさんが手を叩く。見つめ合っていた俺達はその音で我に返って、神楽殿に続く廊下を小走りに駆け出す。

俺と耕太が神楽殿の中心に立つと、満員の観衆からどよめきと歓声が沸き起こる。いや、そんな気がする。俺の耳にはもう囃子の音しか聞こえない。俺の目には耕太の姿しか見えない。俺は耕太だけを見て、感じている。

耕太が飛ぶ。俺が飛ぶ。俺が宙で回る。耕太がそれを抱える。二人で背中を合わせて腰を落として脚を踏み鳴らすと、神楽殿の床はまるで巨大な太鼓のように響き、揺れる。いつの間にか観衆は沈黙している。歓声も拍手もピタリと止んでいる。俺は耕太と二人きりの世界にいる。

「神様が、乗り移っとるようじゃ…」

静寂の中で誰かが呟くのが聞こえる。

俺は面の目の穴から、舞い踊る耕太を見る。耕太の面の顎の部分から滴がしたたっている。汗だろうか。いや、汗じゃない。俺は直感する。涙だ。耕太が泣いている。面の下で耕太が泣いている。涙が面の下を伝って、顎から滴っているんだ。耕太はそれを振り払うかのように、力強く舞い続ける。俺も負けじと舞う。水を打ったような境内。子供の声さえ聞こえない。ひときわ囃子の音が高くなり、太鼓が乱打される。雷神・風神の舞いの最後の締めだ。俺は耕太を肩車で担ぎ上げ、二人で形を決める。静まり返っていた観客から怒濤《どとう》のような拍手と歓声があがる。狭い視界の隅に、鎮守の神の白い衣装が映る。

俺達は神楽殿の上からトンボを切って飛び降りる。

神社から遠く離れた河原の草むらで俺達は寝転がる。まだ呼吸が荒い。二人とも汗に濡れた白い下装束のまま、枯草の上に身体を投げ出している。

「スゴイぞ、お前達！」

「近年まれに見る舞いだったな」

「おい、どこへ行くんだ？」

「慰労会までには戻ってこいよ」

周りからそんな声が聞こえた気もする。いつ衣装を脱ぎ捨てたのか、耕太とどうやってここまで来たのか、俺は全然覚えていない。ただ手に手を取って、舞いの勢いでここまで走ったような記憶がある。

ようやく荒い息も落ち着いてきた。俺は手にしている一升瓶の酒を、耕太と交代でラッパ飲みする。俺達の祭りは終わった。もう何も言うことはない。

空は真っ青に澄みわたっている。枯草の匂いが俺達を包む。午後の黄色い陽射しが榛名山を眩しく照らしている。酒で顔を赤らめた耕太が下装束を自分から脱いで、下帯を外す。人家から遠く離れたここでは他人の目を気にする必要なんかない。陽の光を背にして立つ全裸の逞しい肉体。汗に濡れた肌が光る。股間には男の証が堂々と揆立《きつりつ》している。

「哲也さん、最後だ。抱いてくれ！」

耕太の真剣な目が俺を見る。俺も立ち上がって肌にまとわりつく装束を脱ぎ捨てる。

「よし。耕太、こい！」

汗でべたつく肌に枯草がまとわりつく。でもそれがなんだというのか。大仕事を成し遂げた充実感と別れを前にしたせつなさ。それがない交ぜになって俺達を狂わせる。

自分のすべてを相手に刻み込みたくて、俺達はひとつになる。一升瓶から酒をあおっては口移しで飲ませ、そうしてまた絡み合う。耕太のこの身体を、今日限りもう二度と抱くこともないだろう。時間も空間もない。今あるのは互いの肉体だけだ。祭太鼓の音が風に乗って、途切れ途切れに聞こえてくる。獣のように互いを求め合って、俺達の祭は終幕を迎えようとしている。

「おお、こんなところにおったか」

聞き覚えのある声で目を覚ますと、神楽の世話役、斉藤のおやじさんが俺達の前に立っている。背後に見える空は夕焼けで赤く染まっている。酔った俺達は裸で抱き合ったまま眠り込んでいたらしい。俺は慌てて耕太を揺りおこす。

「うーん、んんッ…？」

まだ眠りから覚めきれない耕太は目をゴシゴシこする。その目がやっと開いた瞬間、耕太は驚いて立ち上がる。

「あっ！　あの…」

とっさに下装束に手をのばす耕太。だがもう遅い。俺は覚悟を決めて素っ裸のまま胡座をかく。

斉藤のおやじさんはその場にどっかと腰を下ろす。

「おい耕太、お前もここに座れ。なぁに、男同士じゃねえか」

耕太も観念したように俺の横に正座する。斉藤のおやじさんは裸の俺達を見ながらニヤニヤ笑っている。いつもと変わらない、気のいいのんきそうな笑顔だ。酒に酔っている様子はない。

「どうせこんなこったろうと思ってたぞ」

やっぱり俺と耕太の関係は知られていたようだ。気をつけていたつもりだったのに。俺は村からいなくなる人間だからいい。だが耕太は…。

「これも村の伝統だからなあ」

「は、はい？」

斉藤さんが何を言ったのか、俺はその顔を見てしまう。斉藤さんは相変わらず嬉しそうに笑っているだけだ。

「伝統…ですか？」

俺は耕太の顔を見る。耕太は何も知らないと言いたげに顔を横に振ってみせる。

「雷神と風神を舞う若い者同士がこうなるのは、昔はごくあたりまえのことだったんじゃ」

「あたりまえ…？」

「ああ。そうだ。わしらが若い頃まではな。選ばれて雷神と風神を舞うことになった若い衆は、半年前から神社に泊まり込んで二人きりで生活することに決まってたんだ」

「そ、そうすると二人は必ず…？」

「そうとも限らんよ。そうならない連中ももちろんおった。だがまあ若い者同士、一緒におれば何があっても不思議はないってことだ」

「そんなことって…」

耕太が驚いたように斉藤さんの顔を見る。

「なんでだかなあ…。あの鎮守様、縁結びの神様でもあるのかのォ。アッハッハッハ！」

あっけらかんと笑う斉藤さん。俺は尋ねる。

「斉藤さんが風神を舞った時の相手って、誰だったんですか？」

「俺の相棒はほら、お前のところの。こないだ死んじまった健二郎の親父だ」

「ええっ？　じゃ、お二人も？」

「さて、どうだったかのォ。昔のことで忘れてしまったわい」

斉藤さんは少し照れたように笑って、遠い目をする。

「奴はどうも気難しい奴でなあ。俺と二人になっても、最後まで何かこう…」

「堅かったってことですか？」

「そうじゃそうじゃ、カタブツ、じゃ」

俺は親父さんの頑固そうな顔を思い出す。

「だがいずれにしても、雷神と風神は一生その絆が切れないんじゃ」

「い、一生？」

耕太がうわずった声で訊き返す。

「ああ。親兄弟や夫婦よりも濃い、死ぬまでのつき合いになるんじゃ。今日の舞いを見た限り、きっとお前達二人も…」

耕太がゴクリと唾を飲む音が聞こえてくる。

「なあ、絆が切れないって、どういう意味なんだ？　どうつながっていくんだよ？」

耕太がおやじさんに食い下がる。東京に戻る俺と村に残る耕太。俺達二人の絆も切れないというのだろうか。

「さあなぁ…。こればっかりは誰にもわからん。神様が結びつけるものじゃから」

すっとぼけた調子で斉藤さんが言う。

「雷神と風神が勝手に暴れないように、鎮守様がまとめてくくりつけとくんじゃねえか。ハハハッ！」

おやじさんは笑いながら立ち上がる。

「さあお前達、少し寒いが川で身体を流せ。皆が慰労会の支度をして待ってるぞ」

俺と耕太は冷たい川に入って身体の汚れを流す。そうして脱ぎ捨てた下装束を身につけ直す。酔いも火照りも一気に醒める。斉藤のおやじさんと三人並んで、鎮守の森にむかって歩き出す。

慰労会の宴席に着いた俺達を皆が口々に褒めてくれる。とくに年配の人達は涙まで流して喜んでくれるから、こっちまで柄にもなく泣きそうになってくる。

全員がビールで乾杯して、あとは無礼講の大宴会が始まろうとする時、農協の理事長がのっそり立ち上がる。

「えー、皆さん、今日は素晴らしい神楽が復活した大変めでたい日でありますが、ここでもうひとつ、嬉しいお知らせをご披露したいと思います」

かしこまった口調に一同が注目する。理事長は俺のほうを向いて尋ねる。

「哲也、東京に『シーズンズ』というスーパーがあるか？」

「は、はい。わりと高級路線で有名なチェーン店ですけど…」

俺が言うと理事長は満足そうにうなずいて胸をそらす。

「このたび我が西榛名農協を中心とする有機野菜生産組合は、東京のスーパー『シーズンズ』チェーンと、長年の念願だった産地直送販売について合意に至りました！」

「おい本当かよ、理事長！」

「やったな！　やっと実現か！」

村の人達が大喜びする。なるほど、俺が手伝いに行っていたあちこちの農家で「ユーキ、ユーキ」と言っていたのはこのことだったのか。

「つきましては、『シーズンズ』との窓口として東京に組合の連絡事務所を設置し、所長には東京の地理に詳しく、またこの村の研究を続けている哲也君を任命したいと考えておりますが、皆さんいかがでしょうか！」

座敷中に拍手が響く。俺にはわけがわからない。

「所長だなんて、俺にはそんな仕事…」

戸惑う俺に理事長はニヤリと笑って小声で言う。

「なーに、難しいことなんかない。お前は店を回って野菜の管理状態と売れ行きをチェックして報告してくれ。事務所兼住居のマンションは組合で借りてやる」

「は、はあ…」

理事長はまた正面を向いて言う。

「なお、地元側の窓口は耕太に担当させたいと考えております。晴れて独身に戻った耕太には頻繁に東京へ出張してもらい、今度こそ良き伴侶《はんりょ》を見つけてくれるよう、期待します」

座敷中がドッと沸く。

「おい哲也、耕太がまたババを引かねえように見張っててやってくれよ！」

誰かが笑いながら言う。今まで誰もが触れないようにしていた話題が一気に解けて消えていく。

「哲也、お前は東京に住んでもこの村の男だ。今後少なくとも五年間は耕太と組んで神楽を舞うんだぞ。これは理事長命令だ」

「は、はいっ！」

俺が気合いを入れて返事したものだから、全員が大爆笑する。一段と盛り上がった慰労会は飲めや歌えの大騒ぎだ。

絆が切れないってのは、案外本当なのかもな。神様も粋なことをしてくれる。「村の男」か。俺にも根っこが生えてきたんだろうか。俺のほうを見て子供のように笑っている耕太に手を差し出す。耕太の大きな手がそれをガッチリ握り返してくる。

第十二章

クリスマスツリー

L'arbre de nöel

「ふーん、哲也が所長さんねぇ」

麻理奈さんは俺の顔を見て笑う。ワイングラスを空けるとルージュの跡がクッキリとついている。クリスタルにクリスマスツリーの点滅する光がキラキラ反射している。

「よっぽど人材がいないのね、その村」

「失礼だなあ。俺に期待してるんだヨ、キ・タ・イ！」

「アンタに？　フフフッ…」

皿の上の仔牛のグリルにナイフを突き立てながら、麻理奈さんは小さく笑う。

「まあ、そういうことにしておこうか、今夜のところは」

「しておこうか、じゃねえヨ…」

そこまで言いかけて、俺は口をつぐむ。この場所に相応《ふさわ》しくない言葉遣いはやめておこう。

ここは麻理奈さんが経営している南青山のフレンチレストラン。住宅街の奥まった場所にあるのに半年先まで予約が一杯の人気店だ。ちょうど十二月のディナータイム。店の中は華やかに着飾った客でほとんど満席だ。新宿の夜の女帝・麻理奈さんもここではまた別の顔をしているから、俺もうっかり変なことは言えない。

「でも嬉しいわヨ。アンタが東京に帰ってきて、こうして顔見せにくるなんて」

落ち着いたインテリアの中で見る麻理奈さんは俺の知らない女みたいだ。一番隅の目立たないテーブルにいるのに、優雅な香りをレストラン中に振りまいている。

「あたりまえじゃん。田舎に売り飛ばしてもらったお礼を言わなきゃ」

「あらやだ、人聞きの悪い。田舎に行ったからその坊やと会えて、仕事にもありつけたんじゃないの」

「そりゃまあ、そうだけど…」

「アタシに感謝しなさいよ。それに、」

麻理奈さんは声を低くして言う。

「哲也、アンタいい男になったわよ」

意味ありげな目で笑いかける麻理奈さん。

「ヘッ？　もう俺なんかただの田舎のオヤジだぜ。陽に灼けてシワが増えたし、腕ばっかり太くなって」

麻理奈さんは大きく首を横に振る。

「きっと自分じゃわからないだろうけど、なんて言うか、ドッシリ地に足がついた大人の男って感じね」

「ふーん、そうかな…」

麻理奈さんに褒められると悪い気はしない。

「半年前のアンタとは別人よ」

「じゃあ、まだ売れる？」

ふざけて言うと、麻理奈さんは真面目な顔で大きくうなずく。

「じょ、冗談だよ」

「わかってるわよ。それにアタシ、もう男を売るのはヤメたから」

「マジ？　なんで？」

麻理奈さんは肉料理の皿を下げさせて、ワインをもう一本持ってくるように指図する。

「なんかね、もう飽きちゃったのヨ」

「飽きたって…。うまくいってたんだろ？　もう宝石も買い飽きた？」

「イヤな言い方するわね。そんなんじゃないわよ…」

「じゃ、トラブルでもあった？」

「あるわけないじゃないの。そうじゃなくて、アタシもまた忙しくなったから別の人間に引き継がせたの」

新しいワインを一口飲んで、麻理奈さんはさらりと言う。商売を手放すなんて麻理奈さんらしくもない。いったいどういう風の吹き回しだろう。

「アンタが働いてた二丁目の店にトシって子がいたでしょ」

「ああ、覚えてるよ」

「先月だったかな、肝臓壊して酒が飲めなくなったから辞めたいって言い出したのヨ」

「飲み過ぎだよアイツ。昔からスゲエ飲み方してたもん」

「それも営業のうちよ。ホントに一生懸命働いてくれたわ。だからあの仕事を任せたの。あの子は根が真面目だから安心だわ」

「へーえ…」

いかにも麻理奈さんらしい。ビジネスにおいては冷酷このうえないいし、いろんな顔を持った複雑怪奇な女だけど、自分の下で働いた人間の面倒はとことん見る。それが、女帝が女帝でいられる鍵なんだろうと俺は思う。

客席を挨拶して回っていたシェフが俺達の横を通り過ぎようとする。細身で背が高い、まだ若い白人の男。当然フランス人なんだろう。麻理奈さんはそれを呼び止めて早口で何やら話している。フランス語も喋れるなんて知らなかった。

「どうぞ、よろしく、おねがいしますぅ」

シェフは人懐っこい笑顔を見せて俺に深々と頭を下げると、奥に引っ込んでいく。

「麻理奈さん、何を話してたんだよ」

「アンタのビジネスのことよ」

「俺の？」

「そう、その榛名山の有機野菜とやらをこの店で使ってみることにしたわ」

いくぶん赤くなった顔で麻理奈さんが言う。

「おっ、ありがたいな！」

「ちょっと待った。試しに使うだけだからね。ステファンのお目に適《かな》ったら正式に契約するから」

「ありがとう、麻理奈さん！」

「まだ喜ぶのは早いわ。あのステファン、材料を見る目は厳しいわよ」

「じゃあ超特級品を選んで持ってこさせるよ」

「ヨロシクよ。その代わり、ウチで使うことになったらこの店の名前もステファンの名前も宣伝に使っていいから」

「そ、それってマジ？」

「だから、たった今彼からOKとったのヨ。あの子あれでも超人気シェフなんだから」

「スゲエよ！　村の連中、大喜びするぜ」

「ま、こんなできそこないの男を育ててくれた村への、アタシからのお礼ってところね」

「ヒデエな、その言い方」

麻理奈さんは俺のほうを向いてニヤッと笑う。

「今年の初めには家賃も電気代も払えなかったアンタと、まさか師走《しわす》にこんな話をするとはねえ…」

今日の麻理奈さんは機嫌がいいのか、それともこの店だからなのか、話す声も態度もすっかり上品だ。俺はどんな顔をして笑ったらいいのか、戸惑いながらワインを空ける。


常連客にひととおり挨拶を済ませると、麻理奈さんは二次会だと言って俺を青山通り沿いのビルの最上階にあるバーに引っ張っていく。俺は舌に馴染んだハーパーをロックで、麻理奈さんはクリスマススペシャルだという赤い色のカクテルを飲みながら目の前の夜景に見入る。

あの村からは想像もできないこの景色。同じ日本の、そんなに離れてもいない場所なのに、この違いはなんなんだろう。俺は宝石箱のような東京の夜景に見入る。

「で、健二郎はいつこっちに戻ってくるの?」

唐突に麻理奈さんが尋ねる。

「え…。ああ。健二郎さん、東京には住まないんだってさ」

「ちょっと哲也、それどういうこと?」

麻理奈さんが俺に詰め寄ってくる。

「だから、洋子さん、耕太の産みの母親だけど、その人と一緒に高崎で暮らすんだってさ」

「な、何よそれ!」

耕太の出生の秘密を知った健二郎さんは東京への引っ越しをキャンセルした。長すぎるくらい待たせた洋子さんと、今は高崎の駅前にあるマンションで一緒に暮し始めている。耕太が暮らす村に近い場所で。

「そんなことって…」

麻理奈さんはカクテルを一気に飲み干してワインをボトルで注文する。

「大学の仕事はどうなっちゃうのヨ?」

「新幹線で通勤するらしいよ。それにほら、あの大学って高崎の手前の駅前にもキャンパスがあるし」

「女は?」

「洋子さんは前から高崎の病院で働いてるからね。寝たきりの母親も一緒に暮らすんだってさ」

高崎の駅前にあるタワーマンションを、洋子さんはだいぶ前に中古で買っていた。お母さんが入院している間に寝泊まりするセカンドハウスだったそうだ。

「もしかしたら入籍するなんて言ってたぜ、あの二人。まったく何考えてんだか」

「…するんじゃないかな、きっと」

麻理奈さんはぼんやりした顔で窓の外を見ながらつぶやく。

「ありえねえヨ。健二郎さんは男が好きなんだぜ。いくら洋子さんとだって…」

「アンタ、馬鹿は相変わらずだわね」

麻理奈さんは皮肉っぽく言ってワインを一気飲みする。

「なんだよ、さっきまでさんざん持ち上げてたくせに」

「四十を過ぎるとね、男と女の関係も下半身以外のほうが重要になるのよ」

「ふーん、そんなもんかな」

「まだヤリチンのアンタにはわからないか」

「ふん、ヤリチンで悪かったな」

俺が口をとがらせると麻理奈さんが笑う。

「それに前からアタシが言ってるでしょ。百パーセントのホモはいないし、百パーセントの女好きもいない、って」

「そんなこと…」

「アンタ達ホモは他人と違うってことを気にし過ぎて余計に男にばっかり目がいくし、そうじゃない男は自分の中のタブーから目をそらしてホモを気持ち悪いとか言うし。本当は割合の問題なのにさ」

「割合って?」

「男好きと女好きの割合よ。五分五分か、七対三か、九一か、ってこと」

「そうかなぁ」

　俺はどうも納得できない。

「六対四を超えたら大きいほうにドッと傾いちゃうわね、ほとんどの場合」

「うーん…」

「世間体のために結婚するホモだって、夫婦生活やって子供もできるじゃない。義理マンとか言うけど、それでもやれるってことは女もOKな部分があるのよ」

「そうなのかな」

「喰《く》われノンケだって同じよ。本当は男も好きなのに認めたくなくて、だから酒飲んで二丁目に来て『間違って』男に『やられ』ちゃうのを待ってるじゃない」

「ハハッ、それは言えてる」

俺も今まで何人かそんな男に会ったことがある。二丁目でも、売りの客でも。

「健二郎も、アンタの坊やも、六対四に近いとアタシは思うけど」

「そう言われると、そうかもな…」

俺は二人の顔を思い浮かべる。

「アッ!」

「何よ、いきなり」

「親子そろって六対四かよ。ありえねえ!」

「フン、今さら何を言ってるの。親子丼をおなか一杯喰ったのはどこの誰かしら?」

「うわっ! そうか、俺って親子に手を…」

「ちょっと哲也、アンタ大丈夫?」

あきれ顔の麻理奈さんに言われても、俺は呆然とするだけだ。どうしてだか、ほんの今までそのことに思い当たらなかった。

「だから、いつか坊やも結婚しちゃうかもよ」

「そう、かな…」

美菜と別れて寂しそうにしていた耕太。一人っ子という奴の立場から考えても、そんな日がいつかくるのかもしれない。

「それにしても可哀想なのは、坊やの彼女ね」

突然、麻理奈さんが言う。

「どうしてだよ？　あんな常識ない馬鹿女、同情なんかいらねえじゃん」

麻理奈さんはキッと俺を睨んで、その目線を窓の外に移す。

「たしかにできが悪い嫁だとは思うけど、でも誰がその子を責められる？　知らない土地に嫁いで来てみたら、ダンナの家庭環境は複雑で、しかもそのダンナが愛情を注がなくなったら、爆発しても当然でしょ、まだ若いんだし。きっとすごく寂しかったと思うわ」

俺は言葉がない。

「アンタが原因だとまでは言わないけどさ、少なくともアンタがその子を悪く言っちゃいけないいんじゃない？」

麻理奈さんがふかす煙草のけむりが夜景にヴェールをかける。俺はその横顔を見る。この人はどんな人生を送ってきたんだろう。若さと美貌を保ち続ける新宿の女帝も、今夜は牙をどこかに忘れてきたみたいだ。

「なんで洋子って人なんだろ…」

しばらく黙って外を眺めていた麻理奈さんがぽつりと言う。俺は意味がわからずに聞き返す。

「なんで、って？」

「アタシじゃなくて、どうして洋子さんと一緒になったんだろ、健二郎ったら」

「だって、そりゃ…」

笑いそうになって麻理奈さんを見ると、その目から涙があふれている。俺は口をつぐむ。

「アタシがこんな商売してるから？　性格がキツイから？　その人に子供がいるから？」

酔ってるんだろうか。いや、この人はこの程度の酒で愚痴をこぼすような女じゃない。俺の知らない何かが、きっと麻理奈さんと健二郎さんの間にもあったんだろう。でも俺は知らないことには口を出さない。たとえ麻理奈さんに馬鹿だと言われても、俺だって少しは成長したつもりだ。

「たぶん…、先着順だったんじゃねえの？」

「先着順？」

ハンカチで顔を覆ってた麻理奈さんが顔を上げて俺のほうを向く。

「だからさ、あちらさんは小学生の時から行列の先頭で待ってたんだから」

麻理奈さんが赤くなった目で俺を見る。

「そ、そっか。そうね。先着順じゃ敵《かな》わないわよね」

ようやく笑顔に戻る麻理奈さん。鼻がつまった声で笑いながらグラスにワインを注ぐ。

「じゃあ、哲也の中でアタシは何番目？」

「え？　今度は俺かよ」

「当然、優先順位は一番よね？」

「あ、ああ。そうだけどさ…」

「冗談よ。アンタは九十九対一で男好き。期待するだけ時間の無駄だわ」

いつものようにケラケラ笑う麻理奈さん。俺はホッとする。

「さてと、そろそろ出陣しようかな」

「歌舞伎町？」

「もちろん。この時期だもん。ガンガンいくわ」

「べつにホストクラブで麻理奈さんが接客するわけじゃないだろ」

「あたりまえよ、けどね…」

いつもの意味深な笑顔で麻理奈さんが言う。

「アタシは客のふりして高いボトルをこれ見よがしに次々空けさせるの」

「麻理奈さんが？」

「うん。アタシがオーナーだなんて客は誰も知らないもの。人気ある子達をはべらせて騒いでるとほかの客も負けじとシャンパンだのブランデーだの、五十万とか百万クラスのボトルを注文してくるから面白いわ」

「あー、それって煽《あお》り営業じゃん」

「煽りでもなんでも、それくらいやらなきゃ生きていけないの！　十二月の歌舞伎町には札びらが飛び交ってるのヨ。でっかい網で根こそぎ捕まえなきゃ」

やっぱり麻理奈さんは女帝だ。その正体も過去も、俺なんかにはとてもわからない。俺にとっては気のいい世話焼きオバサンだから、それでいいか。

バーを出てエレベーターホールで待っていると、毛皮のコートを羽織った麻理奈さんが口を開く。

「で、事務所の契約は済んだの？」

「まだまだ、今からだよ。年内には決めなきゃいけないんだけどね」

「場所はどのへんにするつもり？」

「組合からは何も言われてないけど、関越に近い練馬あたりがいいかな、と思って」

「ヤメなさいよ、練馬は」

「なんで？」

「あそこは住宅地。事務所を構える場所じゃないわ。ビジネスにはね、イメージとか信頼感も大切なのよ。『シーズンズ』があるエリアからも遠いじゃない」

「でもさぁ、事務所兼俺の住居で予算十五万だぜ。そんなにいい場所なんて無理だよ」

エレベーターの扉が開いて俺達は乗り込む。一階のボタンを押しながら麻理奈さんが言う。

「しょうがないわね。アタシが持ってる西新宿の二ＬＤＫ、十五万でいいわ」

「えっ、マジ？」

「言っとくけど相場の半値以下よ。哲也の所長就任のご祝儀だから」

「何か問題あるんじゃねえの？　首つりがあったとか、何かが出るとか」

「失礼ね！　ちょっと古いけど十二階建ての最上階角部屋よ。中央公園越しに西口の超高層ビルが一望できるんだから」

「そんないい部屋、俺に貸しちゃっていいのかよ？」

「アンタじゃなくて農協に貸すのヨ。マンションの管理組合が厳しくてね、変なテナント入れると文句言われるのよ。先月追い出したテナントには家賃滞納だのなんだのヒドイ目にあったけど、農協さんならこっちも安心だし」

「ヤッタ！　じゃあ、あのシェフに野菜を気に入ってもらえたら特別価格で納めるように理事長に言うよ」

「あら、少しは気が利くようになったみたいね」

ビルの外へ出ると冷たい風が吹いている。凍える街はイルミネーションで輝いている。十二時近いのに楽しそうに歩道を歩くカップルが何組も見える。

「ああ、寒いッ！　今夜は雪かしらね」

「天気予報で言ってたよな」

俺達の目の前に黒塗りのベンツがすべり込む。白手袋をした初老の運転手がドアを開ける。

「新宿まで送ろうか？」

麻理奈さんに言われて俺はちょっと考える。

「いいよ。俺、少し歩きたいから」

「そうね、久しぶりの東京だものね。風邪ひくんじゃないわよ！」

「麻理奈さんこそ、飲み過ぎるなヨ」

手を振って麻理奈さんを見送って、俺は大きく伸びをする。どんより曇った冬の夜空に街の明かりが反射して白く光っている。

さあ、明日からは忙しいぞ。事務所を契約して、村から荷物を運んで、それからパソコン教室にも通わなくちゃいけない。ワードだのエクセルだの、今の俺にはちんぷんかんぷんだ。俺と、たまに泊まるだろう耕太のためにベッドも買わないと。俺達二人にはやっぱりダブルがいいだろうか。頭の中に目まぐるしい予定が次々と浮かんでくる。

でも…。俺はふと思う。いろいろ始める前に、まず広島の実家に顔を見せに行ってこよう。今なら笑って帰れる気がする。たとえまた親父に殴られても、喧嘩せずに話ができそうな気がする。俺を産んでくれた親に、今の俺ならありがとうと言える。

日付が変わろうとしている。田舎じゃもう真夜中だろう。親父達は寝ているだろうか。

俺は少しだけためらって、それでも携帯を取り出す。

俺の指は不思議なくらいに、何年も忘れていた実家の電話番号をスラスラと打ち始める。

アンナ・カハルナ　完

あとがき

「僕は母さんと　古いアパートで　ふたり暮らし…」

これはシャルル・アズナブールがゲイの人生を歌った名曲『人々の言うように』の冒頭の一節（訳詩／真咲美岐）。ゲイの子供が年老いた親の面倒を看る傾向があるのは、どうやら国や時代を超えて共通なようです。

かく言う私の周りにも何人かいます。ついこの間まで都会で自由を謳歌してたのに、いつの間にか親元に戻ってしまっている友人が。理由を訊くと、その多くが片方の親が亡くなったり病気になったりしたとのこと。

親というのは元気なうちはあれこれ勝手を言うものです。早く結婚しろ、同性愛なんてビョーキだ、家族の恥だ、などなどなど。

ところがいよいよ歳をとり、病気がちになり、さらには連れ合いに先立たれたりした時、最後に頼りにするのはなぜかゲイの子供なんです。なにせほかの子供達はすでに一家を構え、いまや立派な夫や妻。夫婦共働きでさらに子育て真っ最中だったりもして、気安く頼み事もできません。

途方に暮れてふと見回せば、出来損ないだと思ってたゲイの子供もとりあえず成長してしかも独り身。誰に遠慮することもなく愚痴の電話をかけ、ちょいと来てくれと頼んでも子供の世話だの連れ合いのご機嫌だのを理由に断られることもありません。そう、いまや心おきなく甘えられる唯一の存在になっているのです。

それは戸籍という形式を見ても明らか。連れ合いと生き別れ、あるいは死に別れ、結婚した子供達が抜けていき、家族の形がすっかり壊れた戸籍に残ってるのは自分とこの子だけ。そうだった、この子だけは今でも自分だけのものなのだと、その時になってやっと親は気づくのです。それまでさんざん小言を言ったことなどすっかり忘れて、です。

こうして子供が戻ってきてくれたら親は幸せでしょう。でも戻った子供のストレスたるやハンパじゃありません。実家が都会にあればともかく、少しでも田舎だったらもう大変。とっくに忘れていた遠い親戚や隣近所や昔の友人達との人間関係に翻弄され、その一方で自分がそれまで築いていた人間関係はどんどん希薄になってしまうのですから。

今回はそんなゲイの息子を甘口で描いてみました。はい、「超」「極」甘口です。こんな恵まれた状況、現実にはまずありえませんって。似たような立場に置かれて今も辛い日々を送っている息子達が大勢います。悲惨すぎて小説にもできません。

この物語の主人公はたまたまゲイですが、晩婚化・非婚化が進む今の時代、これはすべてのシングルが直面している現実でもあります。高齢化は現代日本全体の問題ですが、その重荷は、シングルの子供達の肩にひときわズッシリとのしかかっているのです。

それでもその重さを支えるだけの力が子供達にあればまだいいです。ほら、いい歳になっても親のスネをかじっている、今流行りのニート。あの方々はそんなに頑丈じゃございませんよ。親子で共倒れの行き倒れ、なんて時代がもうすぐ…、いえ、もうすでに到来してしまっているのかもしれません。

どうかこれから家庭を築く皆さんは、子供はできるだけたくさんつくって、そして幸運にもゲイの子供を授かったら、宝物だと思ってほかの子よりも深い愛情で強くたくましく育ててやってください。先の見えない年金よりはご自分達の将来の保障になる…かもしれません。たぶん。

まあこればっかりは博打《ばくち》みたいなものですから、大ハズレになったとしても責任は負いかねますけど。

最後になりましたが、本書の出版にあたりご尽力くださった古川書房ならびにジープロジェクトの皆様、そして親御さんと生活する苦労を耳にタコができるほど聞かせてくださった諸先輩方に心より感謝申し上げます。

二〇〇五年　十月

城平　海

城平 海（きひら・かい）
1996年より「G-men」をはじめとするゲイ向け雑誌等で男性同士の恋愛・性愛描写を中心とした小説やエッセイを執筆。今作は2005年1月に出版された「Four Seasons 〜季節は過ぎて街はまた緑に染まる〜」につづく単行本2作目となる。

アンナ・カハルナ

発行日◎2005年10月23日　第1刷発行

著　者◎城平海
編　者◎有限会社ジープロジェクト
URL http://www.gproject.com/
発行者◎冨田 格
発行所◎(株)古川書房
〒102-0083東京都千代田区麹町4-2
TEL 03-5213-8260　FAX 03-5214-3501
URL http://www.furukawa-books.com/
振　替◎00180-4-120189
印刷所◎三共グラフィック株式会社

落丁・乱丁本はお取りかえいたします。定価はカバーに表示してあります。

ISBN4-89236-330-8 C0076